U0054917

周牛 著

天堂

Kakarayan

推薦序

會說故事的心理師

小說作為一種說故事的技術與藝術，故事始終是最不能忽視的核心，而這些故事的緣起，莫不與作者的文化背景、知識累積、生活閱歷與工作經歷有關。正因為如此，不同的作者產生的作品自然有其特質與個別氣味，這也是小說作品可以如此豐富又迷人的原因。

《天堂》清楚地具象著作者阿美族／山東，心理師／說故事者的身姿。前者是關於大時代脈動下給予他的出世身分；後者是他後天學習與天份交繚下的職業與才能。這兩者，成為這本書既平行又互為經緯的元素，也使得這集子有著小小說的精鍊與短篇小說完整與娓娓述說地情韻，自然散射著臨床病例、老兵濃濃的鄉愁、原漢異族愛情的掙扎與幸福。更細節的部分，容我留給讀者自己細細品味與攫獲，而後樂開懷或心緒泛起一波波漣漪。

莒光是個非常會說故事的作者，以至於讓我花了兩個小時，一口氣的，不忍移去目光的一路往下看完。我在想，才短短三年便一口氣出了五本書，往後瞻望數年或數十年後……，這小子，應該會堆起一座小山吧。真讓人期待啊。

卑南族作家、部落文史工作者Badai巴代

天堂：溫柔的彼方

閱讀《天堂》所帶給我的感受，如同前年初見莒光本人，那抹溫暖的微笑。

本書以三種體裁（小品文／小說／劇本）充分展現作家常年穿梭於社會縫隙的深刻覺察，不知是否出自於莒光諮商心理專業訓練素養，面對虛構角色與人性掙扎，莒光總能優雅捕捉，並給予最溫柔的回應。共計十一篇長短有致的獨立作品中，作家以不同層次與設定大量勾勒「思念」、「距離」與「家」的意象，並以歌／詩詞適當調控節奏，引發讀者內心共鳴與聯想。若人生閱歷是作家創作的養分，對我來說，莒光透過文字所投射的，是全然的社會關懷，也是某種，退去銳利鋒芒的才華。

從〈天堂〉小品文為首，以漢族（他者）角度切入，側面觀察阿美族姐夫融入漢人家庭的歷程：「你的姐姐就是我的天堂——Kakarayan」。主角處在與讀者相同的位置一同發現、反思原漢文化碰撞，最終，反過來使用姐夫的阿美族母語Kakarayan（天堂），祝福辭世的姐夫。此種迴圈式的元素應用，亦是莒光非常擅長的敘事策略，用看似生活化的通順語句除去閱讀門檻，再生動寫實地建構出生命的日常樣貌。

小說〈外星人狂想〉以外星人腦波傳念，探討「溝通」主題，對我來說，這是《天堂》一書中美麗的破格與驚喜。在眾多以寫實作為考究範本的故事設定中，〈外星人狂想〉澈底拉開了讀者的想像思維空間：從舒梅克李維九號等冷僻科學知識，一路擴展到外星人偽裝成地球邊緣人造訪臺灣。懸念來回於「天賦異稟」與「思覺失調症」，呈現高強度反差。本文隱含著面對病狀的深刻同理，虛實間，不全然是單向的同情與憐憫，人與人的關係中，埋藏著更深層複雜的「狂想」。

本書最終篇〈帶袍襗回家〉，亦是十一篇作品中唯一的戲劇文本，透過四個主要角色，以跳接敘事手法建構出國共戰爭時期小人物的生命故事。結構上，〈帶袍襗回家〉使用七個戲劇場景呈現高伯的戲劇行動：帶許福回家。雖然臺灣因地緣與政治因素，此類離鄉背井創傷戲劇題材並非首見，然而，在〈帶袍襗回家〉中，仍能望見莒光擅長捕捉的情感物件：臨行的蛋對比臨終的蛋、告別與重返的護身符。此外，在戲劇衝突表現選擇上，劇作家亦未逃避書寫高難度行刑前場景，更難能可貴地，繞過聲嘶力竭的悲愴，以幽微冷靜的筆調敘述許福對歸鄉的渴望，此種節制，我認為真正體現劇作家對角色和時代的高度同理。戲劇作為總體藝術，最終，仍期盼透過實際觀演為社會帶來新的刺激，〈帶袍襗回家〉保留著舊時代的情感，亦記錄了現代人回望的緬懷，我衷心期盼，不久的將來能在劇場中與許福相見！

《天堂》贈與我最寶貴的啟發，是天堂未必只是死後的烏托邦。閱讀諮商心理師周牛莒光一字一句真誠建構的故事，我突然理解，所謂天堂，是這個冷漠的世界上，永遠存在像莒光這樣的人，佇立彼方——溫柔觀察。

泰雅族作家、劇場演員Sayun Nomin游以德

讚譽之語

每個人的一生都是一個個跌宕起伏的故事，那些身上帶著特殊烙印的人，內心世界裡架構了瑰奇迷離的時空，每當偶遇，就像愛麗絲誤闖兔子洞一般，令人困惑、迷惘又難以脫出。莒光心理師執業多年，透過溫暖筆觸將這些故事重新演繹成文，讀來讓人更容易同理患者的處境，並回頭感念自我生命的豐實與缺憾，時時自惕包容，關懷他人，也關愛自己。

——衛福部立草屯療養院精神科醫師／**陳佩琳**

抽離真實，與天堂相逢

如果書寫是傳敘生命的方式，那麼傾聽者將更具有不平凡的使命，莒光以傾聽生命的方式，書寫出不同形貌的人生圖層，走進穿梭虛實的章篇，俯拾皆是人生的場景，或許天堂真實存在，只是不一定能完美相逢，這本書提供了許多自我思考的空間，非常值得用心體會。

莒光在會心的過程中，用心傾聽每個人的故事，將感受到的人生的幽暗面，淬練為文字。讓你在閱讀中，理解一顆顆受苦的心靈。

——埴錺藝術有限公司藝術總監／**彭力真**

——無論如河書店經營者／**梁秀眉**

如果這世界有天堂，那將會重現在莒光筆下的《天堂》裡。他以如詩般的語言，如散文家內心的自剖，亦如小說與戲劇作家的狂想，使這天堂充滿了對愛的洄游與社會關懷。在這部文學創作的七巧板，看見莒光宛若一位夜行者，提著文學的火種，照亮了迷行在死陰幽谷的憂鬱的靈魂。

——泰雅族文史工作者／**魯亮・諾命**

在閱讀的當下，你會不自覺的悄然走進每一個主角的內心，去感受、去思考，以及深深的與他們的人生同在。然則，每一篇故事尾端看似結束，實則是默默將撰寫故事的主導權交給閱讀者，潛意識地進行一段段內心鏡射與覺察洞見。

——諮商心理師／**劉凡嘉**

自序

一切要從〈倪墨（Nima），誰的〉[1]談起。

一〇七年，臺灣原住民族文學營在臺東辦理四天三夜的活動，含括寫作、創意與參訪，那時我已經是任職在醫院的心理師，從事心理諮商，原本我想寫「如何走出憂傷……」或是「如何睡得好……」這類心理健康的書籍。就在那幾天，我聆聽到原住民當代作家課程，像是巴代老師講小說創作，瓦歷斯・諾幹老師講報導文學，孫大川老師講原住民文學語文，夏曼・藍波安講海洋文學……讓我看見他們對於原住民文學的堅持。那幾場課程，聽得我心中熱血湧出，我認真地思考，從「我」的位置上可以寫些什麼？我自小在高雄成長，後來定居在臺東市中心，對於原住民的部落經驗只有國小寒暑假回去過。說實在的，要寫部落，真的是沒有太多的故事。可是心頭的熱血又隱隱地引導我，我再三思考，在我服務的場域——醫院、學校以及監獄，就有許多原住民的故事，而且他們是屬於弱勢的，顯少人會看得到他們的生命故事。我的心告訴我自己：「就從我的位置寫出他們的生命故事。」當然寫個案的故事得全面地改編、改寫，去識別化，還加上了我將過去的經驗，所以〈倪墨（Nima），誰的〉就成為我第一篇原住民文學小說的創作。直到現在仍然有讀者心疼地問：「請問倪墨還住在醫院精神科嗎？」我總是笑笑地回應，「倪墨是我虛構的一個人物。」他的原型來自我在日常生活中接觸到的原住民病友、遭受到霸凌的原住民孩子、肢障者、孤兒，在倪墨的故事中，他可以說是集不幸於一身。倪墨成長的情節安排則是我的生活經驗，有部落的豐年祭、殺豬，也有樂觀的外省老兵……都是屬於我成長的點點滴滴。

在當心理師之前，我是見山是山、見水是水；從業這些年，深深覺得要學的心理學理論實在太多了，於是見山不再是山，見水不再是水。究其原因，實在是每個理論都有它的極限，只能見山水的部分，甚而將部分當作全貌。慢慢地我開始思考做一個心理師真的需要這麼多理論嗎？這些年又逐漸回到見山還是山，見水還是水，我開始豎起耳朵聽故事！不只聽故事的表層，也要求自己要聽到故事的深層，終究體會到「故事」才是我們需要的。有人問我要如何寫？我總是覺得寫出故事是一個「會心」的過程，會誰的心？當然是自己的心！

只有自己經歷過的情感才會感人；只有自己內心的故事才會動人。所以，先從自己的那顆心寫起，不要遲疑，開始動筆，好好地寫「我」，寫著寫著你會發現這是段重新認識自我的旅程。這樣子的書寫方式是「自由書寫」，一個自由、自在、自心、自性的書寫，剛開始練習時，書寫的時間不必太長，五分鐘到十分鐘即可；題目就訂「自己」、「我」，是腦子初念的

[1] 本篇收錄在《倪墨（Nima），誰的——一位心理師的小說集》，臺北：釀出版（秀威資訊），二〇二〇年。

書寫，直覺的反應，換言之浮現了什麼就寫什麼。手不能停，把寫當作心靈在奔跑。狂野地解放意識，讓潛在的意識浮昇；大膽地奔放思考，讓右腦的情感流露。離題就離題，不要刪改，不理會錯別字及文法。讓筆與紙自然地接觸，把一切書寫在紙上。如果是參加工作坊，寫完後，團體的帶領者會指導參與寫作的伙伴誦唸出來，彼此分享，唸給對方聽。這時先將自我置空，不給意見，不給判斷，單純分享。若是有情緒，想哭就哭吧！念到不哭為止，念情緒平復為止。寫完後，把自己的文字儲存，若干時日後，拿出來再看看，自然就會發現自我生命的成長與變化。不管形式是那一種文類，也不管內容是自己的故事，或是他人的故事，都會有自我的投射。

回到《天堂》，書中的文章是我將歷年來得獎的作品及一些沒有參加文學獎的創作，加以彙整修改，並附上我在寫作時的內心感受或是寫作的心路歷程，以供給愛好心理與文學的讀者朋友們參考。寫作無他。是個再經歷的過程，是再觀看的過程，透過再經歷，透過再觀看，我們會發現生命竟有如此源源不絕的動力。最後，謹以〈薪火〉為《天堂》的序文——

文學有種！
是個反叛的巨石
大力地碰撞人類的命運
……

夜裡提燈籠的行者
藏著微微的能量
走過歷史
走過歲月
遞給不甘命運的人
在黑暗中
那個火……
微明
文學有種！

CONTENTS

天堂

小品

會心

我為文創作，有個很大的目的，藉由文字來療癒或是療育，書寫的文體是真實或是虛構，並不重要。這些短篇中的短篇，凡是在四千字以下，我以「小品」稱之。

這些小品文是我真實的生活經驗，經過沉澱、思考，當化為文字再呈現時，我可能成為心理師、護理師，還有母親……至於故事裡的主角是誰？現實生活中，是不是有對應的人物，這已不重要了，他們已經被虛擬化，但原始的感情是真實，尤其是我對故事人物的感情。

天堂

Tadafangcal a nengnengen ko fo’is i kakarayan.
Kakarayan! Awaay ko pitolasan no olah.

在姐夫的追思禮拜，教會的司儀以阿美族語唸出姐夫生前寫給姐姐的小詩。坐在我旁邊穿著一襲黑衣的姐姐，聽了之後，淚水滑落，我輕握著姐姐的手。

接著司儀翻譯成中文——

天堂的星星是如此的美麗。
天堂！愛是永無止息的。

我的淚，再也抑制不住了。

我們家是漢族，一家四口人，父母、姐姐和我。

小時候，父母親工作很辛苦，每天天還沒亮，他們就要到漁港批貨，一早要趕到市場賣魚。我知道家境很不好，我唯一能做的，就是努力在每次的考試中拿到前三名，和一個個滿分的科目，而這個就是父母的驕傲與快樂的來源。姐姐大我十二歲，半工半讀唸到高中畢業。在我成長的過程中，我與姐姐是親近的，可是父母重男輕女，讓姐姐為此，變得憂鬱，我之所以走入心理輔導這個工作，也是受到姐姐的影響。

我記得大約七歲時，姐姐在工廠做女工，她滿十九歲，媽媽為姐姐相親，希望姐姐嫁給一位外省老兵，我隱隱約約記得那位老士官長，就住在漁村的村子口，開了一家小雜貨店，每回都讓我們家賒帳，方便我們拿些米、醬油、衛生紙……每次我靠近他，總會聞到一股大蒜味和汗味，說著我聽不懂的山東話。他大姐姐三十歲，姐姐天天哭，說什麼也不願意嫁給她。只是媽媽逼得急，想改善家裡的生活，那時聽說外省人都會疼老婆。爸爸沒什麼意見？但我感覺他是不願意的。

當婚事談得差不多時，媽媽也收了聘金。有一天，姐姐買了些甜柿，我和姐姐在門口坐在矮櫈上，姐姐剝柿子給我吃，那陣子家裡不是哭泣，就是吵架，難得姐姐笑得開懷，「好吃嗎？」

我點點頭，姐姐笑得好甜，好開心喔！

她拿著她香香的手帕擦著我口角上的柿子汁，她告訴我，她要去一個很遠的地方。我很害怕她會離開我，我拉著她的手說：「我也要跟妳去。」她不再回應，微微笑地用雙手著撫摸我的臉頰，「聽阿姐的話，要用功讀書喔！讀冊才有力！」隨後，她親了我的額頭。

隔天放學，回到家，爸爸趕忙騎著他的野狼一二五，載我到醫院的急診室，我看姐姐躺在病床上吊著點滴，左手腕纏著紗布，似乎睡得很沉，媽媽在一旁哭泣，哀求醫生救救姐姐，我聽到醫生和護士說到「安眠藥」、「割腕」、「自殺」和「死」。我全身發抖問爸爸：「姐姐是不是會死？我不要！我不要她死。」爸爸不懂我的感覺，只是不斷的安慰我，而我一直大哭著。姐姐終於救回來了，而爸爸退了聘金，回絕這門婚事。

多年後，我在大學選讀心理系，老師要求我們做三代的家族歷史，我和姐姐聊到這件事時，她淡淡地說都過去了。但在一次偶然的機會裡，我看到姐姐那時寫的日記——

寂寞的靈魂，找不到旅程的歸途！悲傷的心神，是沒有期待的哭泣！我的心靈，讓死亡吞噬了。白天只是黑暗世界的延續，咀嚼無盡的痛苦，我將孤單的走，狠狠地將心口的疼摔入到大海的深處。

我相信那時她得了憂鬱症，落入黑暗，直到她遇到了姐夫，為姐姐點了一盞明燈。

姐夫是姐姐高中的體育老師，指導棒球隊。姐姐高中畢業後，他們就沒有再聯絡了。直到姐姐自殺送急診室時，恰巧姐夫帶的棒球隊有位球員受傷，他也送學生急診。在急診室內，他似乎認出姐姐是他的學生，而我又害怕地一直哭，他買汽水給我，安慰我那顆害怕的心。

姐姐被救起後，轉到一般病房時，他探視了幾回。沒想到愛苗就這樣滋長著。交往一年後，他們論及婚嫁，這回是媽媽反對了。姐夫來提親時，媽媽竟然拿著掃把趕姐夫出門，怒吼：「死番仔，走！若是擱再來，我就要打斷你的腳骨。」大罵姐姐：「妳若是要嫁給那個番仔，咱們就會斷絕母女關係。」話說得很絕，但姐姐心意已決，爸爸那時的身體已經開始衰弱，沒有太多的意見。他們結婚時，爸爸、媽媽和我都沒參加。

姐夫的個性開朗，臉上堆滿了快樂的笑容。結婚頭一年，他們來探視爸爸時，總是會逗得爸爸很開心，而媽媽都在房間裡，但姐夫都會隔著房門問候媽媽，每回來時的禮品都不會少。也許是姐姐找到真愛了，我感覺姐姐是愈來愈快樂了。他們婚後的第二年爸爸過世了，姐夫心情很難過，完全承擔起爸爸喪禮，媽媽看到姐夫的盡心，對姐夫的態度改變了。

在我高三時，媽媽得了胃癌，發現時已經是末期了。姐姐和媽媽，母女間的愛恨情仇糾葛多年，透過姐夫的開導，在媽媽臨終前，她們母女和解了。我記得那天，我幫媽媽按摩身體，媽媽突然說要看看窗外的陽光，我拉開窗簾，金黃的陽光灑落病房，姐姐和姐夫進來了，我們聊了兒時的一些事情，媽媽突然叫了姐姐小名，語氣衰弱的說：「真抱歉，過去媽媽在妳小的時候，作了一些事讓妳受苦了……」姐姐要媽媽不要說了，但姐夫示意讓媽媽說下去。媽媽用衰微的語氣說：「我沒讀什麼冊，有一些事情，我想起來……真正是我做不對了，我請妳原諒我好嗎？我的女兒。」

姐姐哭了，多少年來就等著媽媽的這句話。媽媽也握著姐夫的手說：「真歹勢，過去對你的態度真壞，請你原諒我，好不？」姐夫含淚點頭，媽媽接著說：「好好照顧我的女兒。我只有這個女兒。」姐姐淚流不止地抱著媽媽，母女一同哭泣。一週後，媽媽在姐夫、姐姐和我，三個人的陪伴下過世了。姐姐和姐夫一直沒有懷上孩子，他們特別地疼愛我。隨後，大學畢業後，我當了老師，若干年後，再進修心理碩士，終於考取了心理師，在醫院的安寧病房服務。

不知道是不是上天嫉妒姐姐與姐夫這對神仙眷侶，竟讓姐夫得到肝癌，發現時，醫師評估只剩半年的生命。因為姐夫是癌末病人，會難過、疼痛和躁動，儘管他身體虛弱，一旦躁痛時，仍會不安地翻動著。姐姐就會握著姐夫的手，柔聲安慰姐夫，陪著他熬過。那陣子姐姐幾乎無法休息，直到姐夫住進安寧病房，做了緩和性的治療。

雖然我是心理師，理應客觀的面對病人，維持良好的醫病關係，可是姐夫是親人，我在面對姐姐、姐夫，內心會有許多複雜的情緒。好幾次，團隊在討論姐夫的病症時，我的鼻頭總是酸酸的。

姐夫在住院這段期間，他常常說與姐姐熟識和相處的過程，也讓我進一步認識我的阿美族姐夫，他們決定終生相守時，姐夫對姐姐說：「我的族名是海神Kapi——卡比，妳的族名就叫Dongi——都妮，是阿美族的女神，這樣才是神仙伴侶。」但是後來姐夫又給姐姐取了Kakarayan，姐夫看我一頭霧水，聽不懂阿美族語，他解釋，「你的姐姐就是我的天堂——Kakarayan。」說完後，姐夫昏沉的入睡了。沒多久，他醒了，又問我：「你知道我為什麼會這麼愛你的姐姐嗎？」

我搖搖頭，表示不知道。

「傻小子，她是Kakarayan呀！」

我笑了。我請姐夫說說，到底是發生了什麼事情，才會為姐姐取了Kakarayan這個雅號呢？原來有回他們在海邊約會，聽浪，看海。

「你會愛我多久？」姐姐問。

姐夫溫柔回應：「到生命結束為止，而且上天堂還要繼續愛！」又說：「不過同妳在一起時，天堂就在當下。」從那時，姐夫就稱姐姐是Kakarayan了。甚至在家門口，姐夫還幽默的掛上「Kakarayan」（天堂之家）。

姐夫接著說：「醫師說我的病很奇特，你們醫療團隊要好好學！以後可以治療類似的病人。」姐夫拉著我的手，「答應我一件事。」我雙手握住姐夫冰涼的手點點頭。姐夫吃力地說：「好好照顧姐姐。」

想到這兒，我不禁淚流滿面。此刻，已經是要瞻仰姐夫的遺容了，姐夫躺在棺木裡，面容安詳。姐姐拿起手帕，擦拭我眼角的淚水，我抱著姐姐哭泣著。

我想起姐夫在醫院彌留時的情景。那天，手機鈴響趕走午後的寧靜，那頭傳來，「快來醫院，狀況不妙。」我急忙回到安寧病房，看到姐姐緊握著姐夫的手，正努力地讓姐夫感覺到姐姐手中的溫暖。姐姐在他的耳畔輕聲說：「Kapi，我是你的Dongi，是你的Kakarayan，謝謝你給了我快樂天堂的生活。」姐姐一遍又一遍低語，要在姐夫臨終聽力消失前，讓姐夫聽到姐姐的愛語，「Kapi，我愛你！我打心裡頭地愛你，謝謝你！」

看著姐姐和姐夫，我已淚流。悄悄別過頭，我看著窗外的藍天，心中默禱，「親愛的姐夫，願您帶著滿滿的愛回到Kakarayan，你的天堂！」

℘〈天堂〉寫作感言

本篇獲得社團法人屏東縣原住民文教協會一〇八年第二屆VUSAM文學獎，當初在寫這一篇時，原本是用阿美族的觀點來寫的。後來想嘗試用漢族角度切入，於是創造出Kakarayan的角色，還有她的弟弟和父母。故事中描述強迫Kakarayan嫁給外省老兵，這在民國六〇年代以前是確有其事的，尤其在社會的底層及原住民部落經常見到。嫁給老兵，由於年紀相差甚大，在觀念上，經常發生衝突。一九八四年，李祐寧導演的電影《老莫的第二個春天》，由孫越、陳震雷、張純芳主演，很生動地描繪出當時的老兵夫妻的狀況。

在寫這一篇時，嫁給老兵的橋段是緣自《老莫的第二個春天》的靈感，接著我就順著心寫，創造出Kakarayan的角色，原本的設定是阿美族的少女嫁給老兵，後來我將整個故事翻轉，以基層臺灣人為主角，描述身為在傳統家庭成長的Kakarayan，她反抗傳統的壓迫，第一次她以死明志，抵抗母親要求她嫁給老兵；第二次是為了追求自己的幸福，不顧父母反對，與身為原住民的體育老師結婚。在故事的發展，我安排Kakarayan的母親在臨終之際覺察到自己過去對女兒造成的一些傷害，終與Kakarayan和解，也接納了阿美族的女婿。只可惜，Kakarayan的先生，那位樂觀知命的阿美族Kapi在安寧病房過世，「不知道是不是上天嫉妒姐姐與姐夫這對神仙眷侶……」這句話道盡了人世間的無常。

寫完後，我請許多原住民的朋友和非原住民的朋友試讀時，有些人讀著讀著就落淚了；還有些朋友問，是不是我姐姐的故事？我總是回說：「這裡面是有我的投射，但是不是我的故事已經不重要。重要的是她已經觸動我們心中那一塊帶淚的柔軟。」

不讓眼淚掉下來

阿枝是一個五十多歲的女人，住在精神科慢性病房裡，常常告訴醫生：「我懷孕了。」最近，阿枝在病房有暴力行為，會打病友，尤其是酗酒成癮的病友。阿枝看到他們會感到害怕，衍生焦慮行為，醫師寫了心理諮商轉介單，請我與阿枝會談，降低她的焦慮感。

阿枝看到我很開心，表示很久沒見到男人了。說著……說著……就伸手握住我的手，「心理師，你的人真好！」

「阿枝！阿枝！妳這樣子，我們無法談話了。」

阿枝笑臉盈盈地將手抽回去。

阿枝是思覺失調症的患者，四十多歲時發病，有身體妄想。將自己的停經，認為是懷孕了。

幾次會談，彼此的關係建立好後，阿枝說出她的故事。

阿枝是原住民，阿美族，在東海岸的偏鄉成長。每天都可以看見藍藍的大海，她描述的海洋是藍藍的海面，柔柔和和，一望無際。有時，她去海邊，海水就在腳旁，踩著碎浪。有時大海變成咆哮的猛虎，洶湧澎湃，掀起的浪濤足足有幾米高，頃刻間，轟轟隆隆，潮聲如雷，狠狠地拍打著海岸，阿枝會害怕地躲在黑暗的角落裡。

「大海讓妳聯想到誰？」

「那個愛我，但又傷害我最深的人！」阿枝低著頭，「Aka patefaden ko losa'!」

「這句話是什麼意思？」

「不要讓眼淚掉下來！」

我溫柔回應阿枝，「我感覺這句話後頭，有阿枝人生經歷過的許多故事。」

阿枝的眼眶紅了，她忍著；淚水已經滿上她的眼，她仍然忍著。我柔聲道：「阿枝，桌上的面紙可以抽出來拭淚，妳也可以選擇讓自己好好的哭泣，等想擦淚時再擦……」

阿枝的淚終於溢出來，開始靜靜地哭泣，最後她抽了面紙擦拭淚，拭淨後，以為不會再流淚，沒想到才講出第一句話時，聲音哽咽，又哭了……在她傷痛的淚水中，我明白了這個事情。

原本阿枝家庭是健全的，父親也疼愛阿枝。在阿枝國小四年級時，父親失業了，開始每日酗酒，一醉就打罵阿枝的母親，終於母親跑了，只剩下阿枝、父親與阿嬤住在一起。

父親心情不好，自那時起幾乎每天喝酒。阿枝不喜歡回家，常常與男友——中輟的阿國在外遊蕩至深夜，阿國十八歲是個跑廟的中輟孩子，每次神明生日，出巡，總會扛著神明遊街。自從遇到阿枝，就喜歡上了阿枝，他分不清那是感情？還是慾望？他的內心中總有一股衝動。

阿國喜歡抱著阿枝，舌吻阿枝，雙手會在阿枝的胴體上游移，只不過在緊要關頭時，阿枝會嚴拒阿國的衝動，並且溫柔地對阿國說：「如果你喜歡我，就不要強迫我做不喜歡的事！」甚至搬出阿國跑廟的神明，「這子樣，神明會不高興的。」頓時，阿國就熄了火。

那一天傍晚，阿枝沒和阿國在一起，回到家，見到父親醉倒在客廳。阿枝早就習以為常了，平時不搭理父親，任憑他自己醒來。但那天阿枝卻扶父親進房，她感覺父親的手有意無意地觸碰到她的胸乳，後來是捏住阿枝的雙乳，阿枝怒斥，「不行這樣。」父親強行將阿枝衣服脫掉，阿枝感覺毛毛蟲在身上爬行，她忍受著父親刺人的鬍渣與體臭，父親強調阿枝的一切都是他給的，所以必須要順服。阿枝被父親強行張開了她的雪白雙腿……

完事後，父親呼呼大睡。阿枝清洗身子，沒有太多的感覺，那晚她到阿國家裡，作了阿國想要嘗試的接觸，阿國的第一次草草了事，阿枝又再次激起阿國的昂揚，再來一次的阿國終於嚐到淋漓致盡的感覺……阿國趴在阿枝的身子上，抱著阿枝。阿枝流淚，敘說父親對她的粗暴。阿國起身穿褲子，抽著菸。

「阿國，你怎麼了？」

阿國吐著菸圈，良久，「妳走吧！」

「你要趕我走？」阿枝裸著身子起來。

阿國看著阿枝的乳房，略帶粉紅的乳椒，想到前不久阿枝的酒鬼爸爸，與他用口作出同樣的動作時，極欲作嘔，脫口而出，「噁心死了，原來妳那麼有經驗。我還以為妳是第一次和我做。快走吧！」

她的靈魂被撕裂了。那年，她十五歲。

阿嬤知道了這件事情，勸阿枝隱忍著。阿枝不堪壓力向學姐吐露，「一個親人傷了我很深很深，如果一個最重要的人奪取妳最重要的東西，妳會怎麼做？」經學姐追問得知她遭父親染指，溝通多天，才被說服由學姐向老師揭發。

阿枝的父親在法院審理時完全否認辯稱，「當天阿嬤在家，不可能做這件事。」還指責阿枝，「小小年紀就和阿國亂搞。」

「別把自己講得什麼事都沒做錯一樣。這個家，早就被你毀掉了。」阿枝很生氣。

「去跟法官講。」父親怒回。

最後法官還是判了阿枝父親的罪刑。阿嬤對阿枝很不諒解。阿枝被生母接走了。沒想到，阿枝又被生母的同居人性侵。她的生母要求阿枝忍耐，「阿枝，沒有繼父，我們要流落街頭。」

阿枝不想忍了，遠離所有的家人。那年她十七歲時，離家到臺北，在冬天的某個夜裡，身上沒有錢了，阿枝蹲在中華路的天橋上，瑟瑟的發抖。

一個頭微禿的中年男子走向阿枝，灼灼的眼神透出慾火猛瞧阿枝。禿頭男帶著阿枝到附近的小吃攤，點了一盤香酥鴨肉，一盤滷味，一碗牛肉湯與炸醬麵。阿枝將那隻香酥鴨腿直接拿在手上吃，連骨頭都啃得乾淨，吃完了，阿枝吸吮著手指。

「小妹妹吃慢點，別急，別急。」禿頭男為小妹妹盛了一碗湯，遞給阿枝。阿枝立即飲下，才猛然想起，今天都沒吃東西。不一會兒，碗盤就見底了。

「小心燙呀！」禿頭男繼續說：「妳可以吃上一頭牛了。」禿頭男笑著，「很好很好，多吃點，才有體力。」

禿頭男將阿枝帶到西門町廉價旅館，早在吃東西時，阿枝知道會發生什麼事情。禿頭男喜歡在浴廁，伴著強烈的尿臊味，飄忽在斗室內，這最能夠激起禿頭男高昂的慾望。阿枝彎著腰，左手抓著廁所的喇叭鎖，右手扶著門，他每撞擊一次，阿枝的頭就碰門一次。咚！咚！咚！阿枝憶起在她身上進出的男子——生父、阿國、繼父。阿枝閃爍著眼神，充滿著痛苦，任由禿頭男說他的淫辭穢語，阿枝只是悶哼，沒感覺地迎合著。禿頭男的手指雞爪似的在她雪白的手臂留上一條一條青紅的印子。

數小時前，禿頭男淫笑暗示著阿枝，會給她錢。於是禿頭男牽著阿枝冰冷的手消失在暗巷。氣溫很低，阿枝感覺不到寒冷，腦海中一片空白。她將自己的身體給陌生人，只因為禿頭男答應阿枝會給她兩張千元的鈔票，並且幫她找工作。

禿頭男將阿枝移至洗手檯，阿枝雙手扶著白色的瓷邊，依然是彎著腰，阿枝抬起頭瞄到窗外，下著大雨，雨水如注在玻璃上流著，街燈變得模模糊糊。阿枝轉頭看著鏡子，映出那個中年大叔的微禿的頭，隱約地浮出數小時前的那一幕，禿頭男淫笑暗示著阿枝，接著他們倆一起消失在暗巷。像是電影，阿枝伸手，卻無法進入影片中的世界，她想看影片中阿枝被禿頭男侵入的模樣。

阿枝想吶喊，聲音哽在喉頭，吼不出來。她還是想吶喊，仍然是吼不出來，吶喊的能量愈來愈強，心中渴望發洩一切……終於阿枝用手敲碎鏡子，流著淚嘶吼：「啊！」那一剎那間，中年人的禿頭男一陣哆嗦，像洩了氣的皮球趴在阿枝的背上。轟！轟！轟！一列火車正緩緩的通過。

那一夜，加上雨，臺北的深夜變得更寒冷了。隨後，禿頭男介紹阿枝到寶斗里。阿枝年紀小，敢衝，敢玩，成了當時的紅牌。

「唉！阿枝妳當了雛妓！」我嘆了一口氣。

「雛妓是許久，許久以前的事了。」阿枝浮起笑意。

「阿枝，那時候妳會難過嗎？我指的是當妳面對自己的小阿枝的時候。」我對於那個小阿枝的遭遇有些不忍。

「Aka patefaden ko losa'!」這句話阿枝剛剛說過。

「不要讓眼淚掉下來！」我脫口而出。

「我在旅館和那個中年男子做的那一次，我哭了。此後，我不曾再掉淚了。」阿枝似笑非笑，「錢買走了我的淚水。」

「後來呢？」

「幾年後，我去了日本，轉了一圈回到臺灣……」

阿枝成為媽媽桑，旗下擁許多小姐，賺進很多很多的錢。
阿枝找到了父親和母親，「可惜！阿嬷已經過世。」
「妳又回去找生父、生母，妳的目的是什麼？」
「那時，我的人生最大的樂趣是每個月對著向我要錢的人，將紅紅的百元鈔票向空中拋撒，看著他們像是流浪狗伏腰貪婪地撿拾鈔票。」阿枝出現詭異的笑臉。
阿枝想起在日本的往事，拿了一張照片，「心理師，你看。」
我湊近看照片，那應該是阿枝和姐妹淘們在吉野山一起賞櫻時拍攝的。
「我那時最愛和姐妹們在四月春天，到吉野山賞櫻，櫻花樹漫山遍野綻放，輕風吹過，櫻海層層疊疊地波動。拍這張照片時，天空下著太陽雨，有太陽，有小雨，絲絲細雨映出點點陽光。」阿枝頓一會兒，「鈔票，紅紅的，在空中飛舞時，像極了落英繽紛的櫻花。」
從那次會談結束後，阿枝只要看到我，會笑笑地對我說：「Aka patefaden ko losa'! 不要讓眼淚掉下來！」但是她的雙眼似乎在用一種我能感受到，但我無法理解的語言在對我說話，而且總是濕濕的。

ꕤ〈不讓眼淚掉下來〉寫作感言

不讓眼淚掉下來，曾經參加文學獎，我看評審紀錄，評審委員對於這一篇有些爭執，討論作品的文類上，是小說？還是散文？還有散文到底要不要尚真？討論到最後，這篇「沒獲獎」。

這篇的原型個案幾乎就是活在自己的想像世界中，因為她有梅毒的病史，也在日本待過，梅毒症狀會侵犯神經系統，臨床表現有精神混亂、煩躁不安、記憶力減退，嚴重的認知功能不足等。在國外，早期精神病房住院個案中，梅毒引起的約占十分之一左右。個案後來被安置了，出院前，我問她如何得到梅毒的，她自己也說不清，只是她的眼老是水汪汪的，像是快落下了，卻沒落下。

○六九的眼睛

徐孺稺，做了件事。因為那件事，他進了監獄，在服刑中。呼號是○六九。

孺稺告訴我，犯的是妨害性自主，在監所妨害性自主是讓人瞧不起的罪行，每回監所主管說：「妨性課程，○六九出列。」孺稺總是頭低低地出列集合，感覺監所的同學[1]用異樣的眼神看他，他不喜歡○六九這個號碼。

「只不過是個號碼。」我安慰他，「就是三個數字組合而成的代號。」

「心理師，你知道嗎？同學們的解釋，是『我是○號，六九是性愛六九式。』相互吹喇叭。」他嘆了口氣，「唉！」

「被解釋成充滿性的意涵。」我說：「這些同學，真是的。」我心想：「這也是人性吧！」他們都是作奸犯科的人，總是認為別人的犯行永遠比自己嚴重，何況性侵犯在監所，長久以來是其他收容人所不恥的。我擔心孺稺會不會受到他人的性侵，「他們有強迫你，與他們發生性

[1] 監所內的收容人互稱同學。

行為嗎？」我的腦海中，想起最近在某個監所，發生借屁股的事件——

某個監所有位長得比較秀氣的收容人，智能上有些不足，幾乎夜夜被借屁股，直到屁股長菜花，嘴的黏膜也開花，被探親的母親發現，由立委陪同召開記者會，爆發出監所內的性醜聞。母親聲淚俱下指責監所管理不當，所長還因此下臺。報紙上的標題下的很聳動，「上下兩個口，生出一堆花」，副標是「〇〇監所又再爆發男性收容人遭收容人雞姦」，新聞報導如後——

（本報記者〇〇〇報導）〇〇監所去年過年發生男囚強姦案。今年夏天又再度發生男囚多P輪姦男囚，被害人面貌秀氣，有輕度智能不足，多名加害者威脅被害人，在舍房內輪流性侵（肛交）被害人，並強迫被害人以口交為加害人提供性服務，甚至加害者亦同時對受害者進行口交。

監所管理員在監視器上發現被害人和多名加害者都側躺在地板上，且姿勢怪異，並在大熱天時蓋上棉被，某位加害者背對鏡頭，似因悶熱，掀開棉被，露出雪白抽動的屁股，被管理員從監視器發現，才揭發這樁性侵案。當下被害人表示「只是在玩而已，沒有什麼……」，監所仍將若干加害人移由檢警偵辦。

在檢警偵訊時，被害人卻哭訴改稱遭到同房雞姦，「他們語氣恐嚇我，要借我的屁股用一用，不借，就不讓我好過。」被害者又說：「我有拒絕，但他們硬要，用乳液塗我的肛門，說馬上就好了。」被害者哭得雙眼紅腫，「同時要我幫他們吹，他們又吹我的……他們就這樣欺負我很久了，原本是分開來做，那天……那天……他們說：『我們都是同學』要開同樂會，同時間一起來才能同樂。」被害者的母親聽聞後，泣不成聲，立委則大力抨擊，「○○監所的內部管理有問題，連續發生這樣子的案件。」也指責法務部及矯正署的代表，疏於督導，以致接二連三發生性侵。

受害者翻供的原因，他表示：「本來我覺得害怕不敢講，後來檢察官說會保證我的安全，我才不想再忍了。」

這件案子鬧得很大，經過調查受害者同時被三名收容人性侵，以致受害者染上性病，監所發言人表示，案發後隨即將三人分離到其他房舍，並對被害人心理輔導，以及治療性病。

我調整了呼吸，抽離「借屁股事件」的念頭，回到當下。對於我的詢問，孺稺沉默不語。他不說，我也不便強要他說。孺稺是○○大學文學系畢業，我想我提醒教誨師注意這件事就好了，我只是每週到監所帶領妨害性自主的團體老師，不是監所正式編制人員。

與孺稺的輔導關係建立好後，我才慢慢地瞭解他犯這個案子，可以說是糊里糊塗的。那年他大學畢業後，要當兵，同學們慶祝他要成人了，那晚到KTV飲酒作樂，全部都是男生，男生與男生喝酒是沒什麼樂趣的，他們叫了小姐，也就High到最高點了。在KTV裡的High不是High，同學們又慫恿孺稺帶小姐出場，澈底地轉大人。身體充滿酒精與性慾的孺稺，在賓館內他的人生頭一次藉由女性身體達到的性高潮，以往孺稺都是靠他的萬能雙手，幫助身體達到愉悅，可是這一回女性身體給他的無量歡喜，竟是比用手來還要快樂。

沒想到，數週後，派出所的警察開著一輛警車找到他，下來兩位員警，「徐先生，請你到派出所……」

「我……」孺稺滿臉的驚惶與疑惑，「請問有什麼事情？」

「有人告你妨害性自主。」

後來，這個案子移送到地檢署偵查，孺稺被起訴，移到法院審理……判決書下來了，寫道：「加害人利用被害人酒醉心神喪失，使其不能，且不知抗拒，趁機性侵。」孺稺心想，「不公平，我自己也喝醉了。」他怎麼想，也想不出那晚的事兒。再憤怒、再痛苦、再悲傷，都無濟於事。最讓他恨自己的是當時，在KTV昏黃的燈光下，看到的美女……竟然是大他二十多歲的中年女子。

「我真的是瞎了狗眼了。」孺稺憤恚地咬牙，吐出這幾個字眼。接著又幽幽地，「唉！」孺稺情緒轉為難過，他那雙眼濕紅濕紅的。

聽到這兒，我感受到心頭沉重起來了，我轉了輕鬆的話題，「儒稺，這個名字是怎麼來的？」

「是爸爸取的。爸爸是國文老師，這是從《世說新語》中來的。」

說到爸爸，「我很對不起爸爸，他年紀一大把，還週週到監所探視我，勉勵我好好的反省，我仍然是他的兒子……」儒穉哭了，「我覺得我很不孝。」原本想轉個輕鬆的話題，卻讓他的心情愈來愈沉重。我帶儒穉做了幾個深呼吸，「吸──吐──吸──吐，吸吐之間慢慢地放鬆身體……」

回到教化科，我告訴教誨師儒穉的狀況，提醒教誨師多注意一下。

「謝謝心理師，我們也怕借屁股的事情發生。」辦公室的人盈滿戲謔的笑語。我微微一笑，看見教化科的書櫃有一本《世說新語》，我拿下隨意翻閱，一翻就看到了──

徐孺子年九歲，嘗月下戲。

人語之曰：「若令月中無物，當極明邪？」

徐曰：「不然，譬如人眼中有瞳子，無此必不明。」

我想起剛剛才結束的會談，耳畔似乎聽見他憤怒地說：「我真的是瞎了狗眼了。」以及那雙濕紅濕紅的雙眼，「我很對不起爸爸……」

౭〈〇六九的眼睛〉寫作感言

這篇的創作歷程是我閱讀到「人眼中有瞳子，無此必不明。」聯想到我在監所帶妨害性自主團體，有位個案陳述，他與受害者在唱歌，兩人彼此有意，結束後，一同住宿賓館，沒想到魚水之歡後，被告性侵。「我迷迷糊糊地犯案，後來我才知道那個女的年紀比我還大，可以當我媽了。」再加上〇〇監所發生男對男的性侵案，於是就寫了〈〇六九的眼睛〉。

佛洛伊德提出性驅力是人類行為的原始動機，後來許多與他意見不同的學者，提出不同的看法，都無法撼動佛老的說法，其實比佛老更早的數千年前的孔夫子已說：「飲食男女，人之大欲存焉。」性不必隱諱，如何有個適當的出口，才是要正視的。

老風

老風和我一樣是軍人退伍，在部隊服務時，我擔任過心輔官，我與老風有同樣的語言。老風是飛行員，是位勇敢的空戰英雄。

老風是位老先生，八十多歲，失智，每週我會與他聊天，畢竟我們都是在部隊為國效力過。叮嚀他按時服藥，並配合醫師的治療計畫。每當醫師巡房時——

「你是誰？」老風都會說。

「我是精神科醫師，是你的主治醫師喔！」醫師耐心地自我介紹。

「你是我的主治醫師！」

接著老風就會提出他千篇一律，毫無邏輯的需求，「醫師，我能不能照個心電圖？我想檢查心臟，因為我太太的心臟有問題，我要移植給她。」不然就是，「醫師，我上次才動了心臟手術，把心臟移植給我的太太，我現在很衰弱，不知道我的心臟什麼時候才會長好？」老風年紀很大了，但身子骨硬朗，除了失智，沒有其他的病症。至於他顛三倒四的說法，醫師給的診斷是共病思覺失調症。

根據老風的兒子國恩表示，老風原是空軍飛行員，打過臺海最後一次空戰，那場空戰空軍有三架RF104-G，在執行廈門港內共軍潛艦偵照時，與中共米格機發生空戰，我軍擊落三架米格機。老風為此受到總統的表揚，那次戰鬥後，海峽兩岸的空軍再也無任何空中交戰發生。

老風糊塗的腦筋常說：「我要檢查心臟作移植。」不然是「我才剛動完心臟移植手術。」兩句看似矛盾的話，是在老風的老伴等心臟移植手術，等不到配對的心臟過世後才發生的。老風對他的主責護理師安姐說過這段故事——

老伴就要做心臟移植手術了。

老風不捨地望著躺在病床的老伴，手拿著手術同意書，手有點抖。

「快簽吧，你早晚都要簽的！」老伴說。

「我真的是捨不得！」老風顫顫地說。

「這真是難以決定！」安姐心疼老風。

「是呀！」老風一臉的感嘆。

那時，老風認知混亂，有時是老伴手術成功，有時是老伴手術失敗。無論如何，可以確認的是——老風經常思念著自己的老伴。

國恩是老風的兒子，在醫師病解時告訴醫療團隊，「十年前，媽媽心臟不好，等待心臟移植……但沒等到。爸爸為這件事情一直很自責，常說：『用我的心臟就好了，我是飛行員，老太婆起碼可以再多活個十年，我真是個窩囊廢，自己的太太都照顧不好。』那時起他的記憶似乎慢慢衰退了，後來變得混亂，有時覺得媽媽還在等他的心臟，有時又會想到醫院去探視媽媽，以為他已經將心臟移植給媽媽了。」老風的狀況時好時壞，他滿口活動式假牙，醫師擔心有危險，請安姐幫他取下，他反而還把安姐咬一口。那一回，幾個大漢原本以為老先生好約束，沒想到飛官就是不一樣，那幾個大漢包括了我，我們見他是老先生，也不敢太用力，沒想到這一不敢，我們每個人都被他打到，後來國恩告訴我們，老風以前是練家子，太極拳高手，知道以力使力，以力借力。

我靈機一動，拉著安姐的手，「老風，你看剛剛你咬的，護理師都被你咬疼了。」安姐也配合著，假意地拭淚，我說：「安姐平時對你這麼好，你讓安姐傷心了。」這招果然有效，英雄難過美人的淚，老風態度軟化，自己取出假牙，讓我們好好約束他，進到保護室時，還向安姐說：「報告護理師，對不起，請原諒我。」

沒牙的老風，話語似乎也隨著假牙取下的那一刻消失了，除了安姐之外，顯少與人交談，連醫師都不大搭理。他總是沉默地坐在靠近陽臺的位置，讓陽光灑落在他衰老的身軀與滿面的皺紋上，靜靜的，緩緩的，將他年少從軍的青春與五彩斑斕的過往逐一地打包到他的背包裡。

那天是八月十四日星期四，老風坐在大廳，電視恰恰轉到《莒光園地》，電視主播穿著空軍的飛行裝，「今天是八一四，空軍節……」接著播放空軍軍歌。老風聽了，也跟著哼唱：

報國把志伸……

我在護理站聽著老風蒼老的聲音，想起他常常向醫師說的話——

「醫師，我能不能照個心電圖？我想檢查心臟，因為我要移植我的心給我太太。」

「醫師，我上次才動了心臟手術，把我的心給了老太婆。現在很衰弱。」

老風仍然高歌，安姐在旁打拍子，老風愈唱愈高興，不在乎他無牙漏風的歌聲。但我依稀聽得出來——

那怕風霜雨露
只信雙手萬能
看鐵翼蔽空
馬達齊鳴
美麗的錦繡河山

老風垂老的眼神漸漸變得炯炯發亮，他以身為中華民國的空軍為傲，以打過臺海空戰為榮，那神情就像電視年輕的飛行員一樣。

三個月後，老風出院。等過了一年，在一次偶然的機會裡，安姐要做失智關懷，邀我一同去老風的住處關懷老風。老風身體快速地衰退了，他坐在輪椅上，指著眼前這棟透天的屋子，「護理師，妳來了。」

我聽見老風稱安姐護理師，我的心浮起好多疑問，他是見到安姐穿著白袍制服，記得安姐是護理師？還是認得安姐本人？那一回安姐要取下他的假牙，他咬安姐一口的記憶，是否還存在？至於我與老風之間的聊天次數也不多，他已經完全不認得我了。我在一旁冷眼地看著他們彼此的互動，像在看舞臺劇一樣。那是個午後的晴天，老風和安姐在樹蔭下，陽光被茂密的枝葉，篩落到地面，如一枚枚的銅錢，風一吹便斑斑駁駁的晃動起來。

「我和妳說這一家的男主人是個軍人，瘋了！」老風說。

「那個軍人發生什麼事了？」安姐好奇問。

老風費勁地將身體想湊近安姐，安姐趕忙蹲下，老風壓低聲音，「軍人要殺敵的，不是殺同胞的。沒想到他竟然做出違反軍人職責和使命的事情。」

「是嗎？」安姐核對老風要表達的意思。

「是的！」老風十分確定的語氣，喃喃：「國民革命軍以實現三民主義，確保我中華民國之獨立……凡有侵犯我領土主權……須全力掃除而廓清之……」老風念的是《國軍教戰總則》，共有十八條，這是第一條〈國軍使命〉。我讀軍校，畢業時必須要背的，默寫考試，錯一字扣一分，錯一個標點符號扣零點五分，及格分數是九十分。這十八條把軍人的基本職責、信念，全部列舉出來。老風念得斷斷續續的，過了一會兒，又沉默了。

這時國恩走近我們，與我們點頭示意。

「國恩！國恩！」老風突然大叫：「要小心別靠近這屋子，裡面那個軍人是瘋子。」

老風伸出手要拉著安姐，安姐急忙伸手握住老風的手，深怕老風跌出輪椅，她安慰老風，「咱們不說了，都過去了。」

老風瞪著這棟屋子，語氣憤怒，「那個軍人的真是畜生。」語畢，轉過頭深情地看著安姐，「老伴別怕，有我在，我會保護妳。」

「爸！爸！」國恩緊緊抱著老風，「媽都知道了。我們進屋吧！」

我看著國恩推著老風進到從側邊的門進到屋子，安姐手握著老風的手，老風念念有詞，「老伴別怕，有我在，我會保護妳。」

他們只留我一個人在樹蔭下，白花花的太陽，正散發著光和熱，輕風拂過樹葉，悉悉有聲，好像是老風最後不斷重複的話語，「老伴別怕，有我在，我會保護妳。」

一架臺東志航基的空軍戰機Ｆ５Ｅ，從我的頭頂直嘯而過，我猛然想起今天是八一四空軍節，腦海中浮現了無牙的老風在精神科病房豪邁地唱著〈空軍軍歌〉……

凌雲御風去

報國把志伸……

ᘓ〈老風〉寫作感言

飛行員是許多年輕小伙子的夢想，可惜我考軍校時，得了近視眼，與空軍無緣。如果一個曾經是空軍的飛行員失智了，他的人生會是怎樣的一個光景？尤其他是參加過最後一次兩岸空戰的空軍英雄，我想總會升起唏噓之感吧！這個故事寫完後，我想到「廉頗老矣，尚能飯否」——

戰國時代趙王因為多次被秦國圍困，想到廉頗將軍，於是派人打探廉頗的狀況，順便看看老將軍是不是還能領兵作戰？廉頗見到趙國的使者後，特意在他面前吃完一斗米，十斤肉，還披甲上馬，拍拍胸脯表示自己可以領兵。於是「廉頗老矣，尚能飯否」就這麼來了。其實這句話的後面還有話，原文是——

> 廉將軍雖老，尚善飯，然與臣坐，頃之三遺矢矣。

後面一句是吃頓飯要尿尿三次，趙王一聽，這樣頻尿還能上戰場嗎？怎麼可能打仗打到一半，向敵軍說：「暫停！容老夫小遺後再戰。」就這樣讓原本要老驥伏櫪的廉頗，一直流落在異鄉。

〈老風〉寫完後，我再看一遍，心想如果我真的遇上老風，我會說：「將軍……您真的老了。」

九朵玫瑰

自從醫院開始執行高齡友善政策時，心理師多了一項工作，對於七十歲以上的老人家，必須要去做關懷會談。

老布是年近八十的老人家。人稱布爺爺，布爺爺是將軍退伍，但失智了。他有個獨生女，人在美國，家境還算可以，請了個看護照顧布爺爺，老先生每次見到心理師都會問，「今天是幾月幾號？」

「布爺爺，今天是〇月〇日。」

「喔，時間還沒到，等到了九月三日[1]，再告訴我。」

「九月三日軍人節，您是要紀念戰友。」布爺爺畢竟是行伍出生的。

「小子，你比我還愛國，戰友們為國獻出生命要由總統祭拜。懂嗎？」接著，轉過頭，像在演戲一般，對著空無一人的空間說，「我一定送給妳！」

「老爺爺，您在對誰說話？」心理師說。

布爺爺臉上抹上微笑，「長長久久。」接著不語了，哼唱——

男孩看見野玫瑰[2]
荒地上的玫瑰
清早開放多鮮美
荒地上的玫瑰

從那時起，一群醫事人員就期待九三，想看看布爺爺要怎麼過九月三日。

六月時，布爺爺的女兒——曉蘭回來了，由曉蘭親自照顧，但布爺爺很不習慣曉蘭的照顧，曉蘭東管西管，管得布爺爺心頭煩躁，「娘，您就別再管了，我又不是小孩了。」

曉蘭一直是布爺爺的掌上明珠，是他的千金，一聽布爺爺叫她：「娘！」曉蘭驚住了，「爸……」

「娘，您就好好歇著吧！照顧好爹爹。」布爺爺提醒曉蘭。

「這是失智的現象，短期記憶布爺爺是完全記不住了，只剩長期記憶，可能是妳的某些動作，很像布爺爺的母親，所以直接將妳視做親娘。」醫師解釋。曉蘭的淚落下來了，又得請原

1 一九五五年，中華民國國防部為了統一各軍種節日，因此選擇抗日戰爭勝利紀念日九月三日作為中華民國的軍人節。

2 〈野玫瑰〉是德國歌德一七七一年所作，奧地利作曲家舒伯特譜曲，周學普中譯。

來的看護繼續照顧布爺爺。

九三軍人節來了，可是那天，布爺爺失蹤了。看護急得到處找人，曉蘭還報了警。突然間，心理師的手機響了，是護家病房的護理師小雲來電，表示找到了布爺爺，心理師驚呼：「布爺爺，找到了，人在護理之家。」一群人急忙趕到護家病房，只見布爺爺西服革履，手上握著九朵玫瑰，站在安寧病房裡不肯離去。

小雲解釋，病房裡的臨終病人、病人的家屬覺得奇怪，哪來的怪怪的老先生，於是通知了護理站。小雲勸布爺爺，布爺爺說什麼也不走，曉蘭帶著女兒小欣趕到了。

「爺爺！」

「爸爸！」

曉蘭和小欣一進病房便哭了，曉蘭的母親去年九月三日就是在這間病房去世的，而這一天也是曉蘭母親的生日。布爺爺看到曉蘭和小欣的淚，似乎清醒了。向病床上的臨終病友，點頭示意，接著布爺爺將玫瑰花送給了護理站，「我太太過世一年了，這九朵玫瑰是紀念她的，也謝謝您們對她的照顧。」

小雲細細看玫瑰，外圈是六朵白玫瑰，內圈是三朵紅玫瑰，「布爺爺有九朵玫瑰。」

「是的。」布爺爺點點頭，「代表我對內人的思念，白色六朵是純潔，紅色三朵是我對……內人的……的心。」布爺爺驀然想到，他從來沒對布奶奶說：「我愛妳。」似乎在結婚後，布爺爺也視布奶奶相夫教子為理所當然，從沒說過：「謝謝妳。」

小雲代表護理師收下玫瑰，「布爺爺，您還好吧！」小雲看見布爺爺眼眶紅了。布爺爺從口袋拿出一方白色手帕拭淚，拭淨後，布爺爺後退一步，恭恭敬敬地向護理師們鞠躬，小雲也立刻回禮，「布爺爺，您太客氣了。」

布爺爺以軍人的姿態向後轉離去。一行人陪著布爺爺走在病房的長廊，小欣趕上前去牽著布爺爺的右手，布爺爺對小欣微笑，「在美國還好吧！」小欣點點頭，「爺爺，您看。」小欣轉過頭，指著已被小雲插置在靠近窗戶邊的花瓶裡，布爺爺看著九朵玫瑰在溫暖的金色陽光下顯得特別的鮮艷。空盪盪的長廊，穿著旗袍的布奶奶自那間病悄悄地走出來，布爺爺一時間說不出話來，布奶奶走近布爺爺，輕握布爺爺的左手，對布爺爺嫣然一笑。

布爺爺微笑地對布奶奶說：「我說過：『我一定送給妳！』」驀地……從擴音機傳來——

男孩看見野玫瑰
荒地上的玫瑰
清早開放多鮮美
荒地上的玫瑰

布爺爺眼眶濕紅，自語：「老伴，對不起，請原諒我，現在我才對妳說：『謝謝妳！還有……我……我愛妳……』」

小欣趕忙遞上了面紙，「爺爺……」

布爺爺微笑地看著穿著旗袍的布奶奶哽咽道：「老伴……愛長長久久呀！」

🙢〈九朵玫瑰感言〉寫作感言

這篇靈感來自網路，以及我對失智個案的觀察。我的想像設想我在醫院在做高齡友善關懷，有一位失智的老將軍，將軍夫人過世多年，老將軍忘記他的夫人已經過世，直嚷嚷要見他的夫人，於是畫面像是電影在我腦海中流動，我成了編劇，也成了導演，我的劇碼安排了老將軍到病房送玫瑰，至於為何會在九月三日？我是想突顯軍人的身分，不過直接選在軍人節，又太過剛硬，軟性一點就將將軍夫人的生日定在九月三日。在布將軍的年代，嫁給軍人，得獨當一面，在家教子；偽單親的辛勞，只有自己知道。將軍呢！他當然也知道，只是軍人的性格，讓他說不出感謝與愛意。

寫完後，我深深地呼吸，覺得空氣好溫暖，調合出一種淡淡的感情，我想到老布這位失智將軍與妻子之間的感情，也許是他記憶中，最後的雲彩，然後慢慢地消失。我想像著一位白髮蒼蒼的老先生坐在窗前，窗外飄過一朵小小的雲彩，老先生的記憶隨之飄走了，接著老先生的靈魂也隨之飄走了，就這樣白髮蒼蒼的老先生得以安息在最後的記憶裡，這似乎也是一種美。

小說

會心

我的父親是山東老兵，隨著部隊來到臺灣。從〈倪墨（Nima），誰的〉、〈回老家〉（二〇九年原住民族文學獎）到〈爸爸們〉（二一〇年臺灣文學獎入圍）都有我父親那一輩的影子。會寫老兵的故事，是家父過世後，安厝在高雄澄清湖忠靈塔，每回我總會細細看看旁邊陪伴父親的伯伯們、叔叔們，民國四〇年代、五〇年代、六〇年代……過世，他們都沒回家再見到親娘，心頭一沉，就想寫寫老兵的故事，特別是與原住民的故事，也為這群人所處的年代，為他們即將消逝的世代，留下一些故事。

〈結案〉、〈魚鉤〉及〈外星人狂想〉則是與心理疾患有關，尤其是〈結案〉獲得二一〇年原住民族文學獎，評審認為題材新穎，跳脫原住民既有的創作窠臼。平心而論〈結案〉、〈魚鉤〉及〈外星人狂想〉虛構的情節居多，但在人物的刻刻畫上，大部分是有原型存在的，若想知道這些故事主角是誰？就多看些社會新聞事件吧！尤其是有關精神疾患的報導。人物有了，題材有了，接著就看說書人要如何說這些故事，通常我並不會在小說的內容中提供解決之道，這個部分就請讀者朋友自己思考。

回老家

老方視這個小小的阿美族部落為家鄉了，從山東到臺東，他常自嘲自解，自己是雙東人！「山東加臺東，兩個東。」大陸的山東只是老方思念父母的地名。

一九八五年，大陸開放探親前兩年，老方透過友人轉信，得知父母、兄長早在國共戰爭中，被土匪殺死了。自己完全不知情，一心一意等著回老家要探視爹娘和大哥。老方算算日子，父母、大哥離世時，自己正隨著部隊撤退到臺灣。

老方到沙灘祭奠父母兄長。那天是晴天，在臺東長濱竹湖村，這個阿美族部落的大海是一片藍得發亮的太平洋，老方淚眼婆娑地望著眼前的大海，老家山東青島的海也是藍的，海連著海。

老方在沙灘上準備了供桌，酌備鮮花、素果，立了父母、兄長的牌位，燃起清香，靜靜地凝視十多分鐘，看著母親的畫像，在畫的右下角是母親與舅舅的合照，那是一張泛黃的照片。老方在撤退時將父母親慎重交給他的全家福照片，因戰事弄丟了，不由得悔恨自己，他完全記不得父親、大哥的模樣，而母親只是依稀的回憶。陡然間，老方面朝大海北方下跪磕頭，額頭抵住沙灘，開始慟哭，老方雙肩抽搐，宛若要將埋在胸口多年的思念哭出來，他一聲又一聲泣喊：「爹、娘、大哥！」

因戰爭離開家鄉

老方經歷過戰爭，看過許多奇奇怪怪的事，很愛講故事，但他最常講的是他老家的故事，「俺祖父是賣鹽的，賺了錢，買了地，家境還可以。祖父生了兩個兒子——大伯和俺爹，俺爹年輕時愛賭，欠債跑了。債主上門要債，大伯將俺爹抓回來，替他清還賭債，狠狠教訓他，將他左手的小指切斷一截，自此俺爹戒了賭，老老實實學做生意，在家賣鹽。和俺娘結婚後，生了兩個兒子——大哥和俺，十三歲那年，共產黨快進城了，謠傳很多，都說會批鬥地主，大伯是親共的，直說：『不會啦，共產黨來了，也得吃鹽吧！』但俺爹還是擔心，思考了好幾個晚上，賭徒性格起來了，不想將全部的雞蛋放在同一個籃子裡，剛好俺舅舅是國軍裡的基層軍官，決定將兩個小孩送一個去當兵，跟著國民黨到臺灣。俺爹娘已經在為俺哥說媒訂親，於是就把俺送到部隊了。」

老方回憶，「俺離家的前半個月，俺家還照了全家福相片。離家的前一晚，父母叮嚀著，『等戰爭結束，態勢明朗後，再回來；若是不能回來，記得在臺灣留下後代。』說完後，爹娘親自將全家福照片交給俺。」這段往事老方說到我都快背起來了，今天是個特別的日子，要陪著老方夫婦搭機返鄉。老方靜靜地坐在我的旁邊，我回憶他說過的往事。老方，山東青島人。國共內戰，國民黨兵敗如山倒，常有逃兵，部隊四處抓丁補充兵源。老方的班長是山東人，年長老方幾歲，為人老實，一到十五月圓時，他就不吃晚飯，提早夜寢，蓋上棉被嗚嗚地哭泣。起初他啥也不說，後來彼此熟識，才說出原因。

「王班長是在中秋節被抓來當兵的。」老方說：「王班長的家是靠摘菊花來賣錢，家裡貧窮。王班長的父母是莊稼漢，給王班長取了單名『分』。王分班長。」

老方那時年輕想家，常常和王分一同哭著。老方一哭就拿出那張全家福，看了照片，哭得傷心；不看照片，也是哭得傷心。在一次與八路交戰，老方的部隊被擊退潰逃，遺失了那張全家福，老方大哭大鬧，直說要回去找照片，排長將老方打一頓，王分出面求情，極力安慰老方。

此後，老方心情低落，加上部隊南移，老方適應不了南方的濕熱，發高燒。一路上由王分照顧著，當老方走不動時，王分私下將運送軍品的推車，挪個空位，讓老方坐在上頭休息。部隊糧食不足，王分總是自己胡亂吃些東西，用私藏的大蔥，大蒜，配著窩窩頭給老方，難得有幾塊肉時，也留給老方。撤退到金門，國軍在古寧頭戰役抵擋了共軍解放臺灣的美夢，國共態勢總算底定，長官們雖然常說：「一年準備，兩年反攻，三年掃蕩，五年成功。總有一天，會帶著大夥回到老家。」但這些士兵們身在這頭，可是心卻在海的另一頭，「消滅共匪，解救大陸同胞」的口號喊得一年復一年，悠悠已逾二十多年，士兵們年紀慢慢老了，回家仍是遙遙無期。

有一天晚上王分邀請老方到他班長寢室。老方看到王分的床頭有一臺卡式錄音機，「班長，你啥時買的？」

「這次休假買的……」老方仔細端詳，「班長，這是管制品，你有沒有報備呀？」

「報備了，沒有收音機的功能，聽不到共匪的廣播。」王分打開盒子，裡頭全是卡帶，從盒子裡挑出卡帶，「這次休假回臺灣，俺專程到臺北國軍文藝中心看陸光國劇團的公演。」

「俺猜猜，你看的是《四郎探母》。對不？」

「是啊！票不好買，國軍文藝中心都是人潮。看完《四郎探母》，俺又去文藝中心對面，剛開幕的中華商場，人好多呀！人擠人！俺擠到一間專賣收錄音機的店，買了這一臺，接著又到唱片行選了《四郎探母》和一些卡帶。」

「班長，你可真有心呀！」

「喲！這麼豐富……有水餃、有小菜。哇！還有金門高粱！」老方看著桌上的酒菜。

「來來來！找杯子，自己倒酒……」老方斟滿兩個酒杯。

「班長，敬你一杯。」

「來，乾了。」

「我有心回宋營見母一面，怎奈關口阻攔，難以飛渡，思想起來，好不傷感。唉！人也……」錄音機播出《四郎探母》，伊伊啞啞唱起來。

「我好比籠中鳥，有翅難展；我好比虎離山，受了孤單；我好比南來雁……」王分跟唱，「雁」的尾音拉得特別長，王分吟唱的語調透著離情辛酸，唱得眼角都迸出淚了。

「好了！」老方趕忙勸。

王分繼續唱著。

「好了！好了！別唱了，再唱都要哭了。」老方又勸。

王分停唱，拿起酒杯，喝道：「乾！」倆人飲盡杯酒，老方趕忙為王分斟滿杯。

「班長，今晚為何要喝一杯呀？」老方也為自己斟酒。

「今天是中秋，也是俺娘的生日，唉！」王分噙淚。

兩人沉默了。

「坐這頭，看那頭。俺在這頭，娘在那頭，咱倆想念老娘在心頭。來！想親娘，就拿起酒杯，乾！」老方幽幽道出心聲，碰一下王分的杯子，兩人一飲而盡。

王分道出當年從軍的往事，「小方，俺是在中秋節被抓來當兵的，八月十五是俺娘的生日，那天娘傷風，俺出門時，娘用沙啞的聲音提醒：『最近抓丁，抓得凶，分啊！記得要早去早回。』俺說：『俺摘些菊花賣，一個晌午就回來了。』沒想到，過二十多年了。當時賣得錢，俺還沒交給親娘。」王分默然。

「家也不知道變成什麼樣子？」老方感嘆。

王分獨飲杯中的高粱酒，嘴角沾上殘酒，王分用手拭去，也順便拭去眼角溢滿出來的淚。

老方為王分斟酒。錄音機沒聲音了，王分起身換卡帶，錄音機唱出〈母親您在何方〉，王分和唱，悲傷的曲調唱得老方流淚，「班長，您記得不？那時俺們在廈門看金門，現在俺們在金門看廈門。」

「別難過了，其實……」王分為倆人斟酒，起身看看門窗外，再將門窗鎖緊，壓低音量，「俺們可以回家。」

「你說啥？」老方沒聽懂。

「有件事……俺準備了很久了，俺要告訴你。」王分在老方的耳朵悄語。

老方一臉驚訝，「老哥，這可不行呀！」害怕地搖搖頭。

王分連續自斟自飲三杯酒，帶著醉意，緊握老方的手，鼓足勇氣，「小方，聽老哥一句，從大陸到臺灣，哪一個老兵不想回家？這是俺們最後一次機會，錯過，就永無那日了。」王分又自飲高粱酒，彷若所有的思親、思鄉之情都藏在這瓶中醇厚的酒裡，只有醉了進到夢裡，才能回到日日夜夜思念的家園。

驀地，對岸向金門心戰喊話，平時的喊話，內容不外是——

「偉大的中國人民解放軍即將解放臺灣……」

「親愛的蔣軍弟兄們，咱們都是中國人，中國人不打中國人。」

「起義回歸祖國吧！讓咱們一起建設偉大的新中國。」

老兵們聽得耳朵都生繭了，但是今天的內容卻不同於平常。老方制止王分，「停，別喝了，聽……」以往老共都是說普通話，今天卻是說山東話，而且還是一位老婆婆在播音。老婆婆點名老方這個師的師長，同為山東人的將軍師長，透過強力喇叭的放送。老方聽清了，老婆婆用她顫顫的語氣哭喊：「俺的兒呀！俺是你的親娘，快回來吧……」

王分聽到老婆婆的鄉音，突然激動起來，那是家鄉的腔調，是母親思兒的哀怨，透過喇叭一陣又一陣地傳送，王分醉聽親娘的呼兒聲，怎能不悲傷，怎能不衝動。王分恨不得立即奔向母親的懷抱！

這時寢室外，響起急促的腳步聲。

叩！叩！叩！……敲門聲，一聲急似一聲，「全連集合！」老方一聽是排長，搖著王分，「班長，排長叫集合了。」

排長進到寢室。

「娘呀！俺的親娘，俺在這兒……」王分醉喊親娘。

「王分！集合。」排長喝道，王分仍在醉言醉語。

「把他帶到中山室去。」排長對老方下令。

老方拉著王分要去集合，但王分大哭大鬧，尤當聽到對岸播放：「俺是你的親娘，快回來吧……回家來吧！」老方拉不動醉鬧不休的王分。

排長火大了，將酒醉的王分打一頓之後綁在床上。

原來連長得到上級的命令，全連到中山室緊急集合，其餘的軍官排長立刻到各哨所查哨，穩定軍心，以免士兵心情浮動。全連集合後，連長義正嚴辭說：「這是匪軍的統戰伎倆，我們一定要堅持擁護蔣總統……」說到蔣總統三字時，連長頓時立正站好，抬頭挺胸，振作精神，隨後說：「我們要積極建軍備戰，整軍經武，等到反攻的號角一響，消滅萬惡共匪，我們就可以回到家鄉。」

至於王分，因重要集合無故不到。隔天被送進禁閉室，關了兩個星期的禁閉。兩個星期後，王分回到連上，老方勸王分，但王分實在想家想瘋了，又重覆訴說著讓老方害怕不已的計畫「泅水到對岸」。王分確定無人後，悄聲勸：「解放軍優待俘虜，咱們可以從廈門回山東。」

老方頭皮發麻。

「總比在這兒強！在這兒也不知哪年才能回家啊！」王分繼續。

「老哥，抓到，要判軍法呀！」老方直勸，他的心臟噗通噗通跳動。

王分心意已定，就是想回到日夜相思的家園。

老方的舅舅升了上校，也在金門服務，聽聞王分的事，很擔心老方。老方是姐姐和姐夫託孤的孩子，心頭總是牽掛，若是外甥出事，怎麼對得住姐姐和姐夫。

「方呀！你的王班長是怎麼回事？傳出來他在緊急集合時酒醉鬧事，你也在旁？」

老方低著頭。

「方呀！你爹娘把你交給俺，有啥三長兩短，你要俺怎麼交代？」

老方點點頭。

「舅，俺回得去青島，見俺爹娘嗎？」

「這啥話……別……別亂想，反攻……大陸……會成功的。」舅舅的心一緊，語氣嚴肅，訓斥老方，要求老方謹言慎行。

那些日子老方一直心驚膽顫，而王分依然祕密進行他的計畫。對王分而言，二十多年了，處在前線與對岸只差一灣藍海，想家是痛苦的折磨，而這個折磨成了王分的勇氣，他下定決心，就是要回家，要永遠甩了這個痛苦的折磨。不成功，被槍斃，也是甩了想家的痛苦。

行動那天，王分在黎明時分祕密地下海游泳，費了好大的勁，在天色微亮時，游上岸了。王分高興地大叫，驀地，一顆子彈飛來，他趕緊臥倒，豎起準備好的白旗，可是槍聲不斷，王分大喊：「俺來投降的，俺要回……家……」剎時，瞧見一面熟悉的旗，青天、白日、滿地紅。

原來那天是大漲潮，王分沒算準時間點，以為是漲到最高點，結果持續上漲，大海的潮流將王分帶回金門了。

「王分，你有無同謀？有無匪諜在部隊發展組織？」軍法審理前，先由部隊的保防官調查。

「長官，沒啥匪諜，俺想家，是俺自己決定游泳回家的。」王分說。

因為王分的事，一堆老兵被保防官約談，調查的結果，王分職位低，碰不到軍事機密，純屬思想不純正，意志不堅定而投匪。雖然保防官懷疑過老方，但沒證據證明老方知情不報，再加上老方的舅舅私下為老方擋下許多事兒，老方也就平安無事了。

兩週後，軍事法庭以觸犯敵前逃亡的軍法判王分死刑，定於一週後執行。軍法判決書以最速件送到司令部，長官用紅筆批示：「請於三日內槍斃王徒，該連全連到場觀刑。」

老方連上除了衛哨勤務，其餘人必須觀刑，藉以整飭軍紀，也順便為王分送行。行刑是在部隊的靶場，清晨四時，所有人員集合觀刑。平時訓練戰士打靶的靶場，今日卻要將袍澤當作靶子打。軍法官驗明王分的身分後，高聲宣判，老方心亂如麻，風呼嘯過耳畔。宣判完畢後，接下來就如康樂隊的舞臺劇，老方好像臺前的觀眾，清清楚楚看著王分人生的最後一幕……

上著手銬、腳鐐的王分用顫抖的手拿起筷子，一時失穩，筷子掉落地上，王分彎腰拾起筷子要挾盤中的滷蛋，卻怎麼挾也挾不起來，最後王分將那雙筷子插了滷蛋，咬一口，蛋滑落到地上，王分罵：「肏！」狠狠地將那雙筷子，插在白饅頭上直立著，彷彿為即將死去的自己點燃兩柱清香。

他要了一根菸，邊吸菸，邊猛灌高粱酒，大口喝下，將那一瓶酒全部喝完，十分鐘後王分醉倒。兩個士兵扶著王分到舖著白棉被的草蓆上，讓不省人事的王分俯臥在棉被上。接著軍醫官拿著紅筆在王班長背後心臟位置畫上圓圈。

一些和王分頗有交情的老兵低頭不忍睹見同袍如此下場，其中包括了老方。值星官嚴聲喝道：「頭抬起來，看清楚，這就是叛國的結局。」老方抬頭，霎時聽到「行刑！」

執行的士官長拿著步槍，槍口抵住紅圈圈。砰！砰！砰！連開三槍。驀然，老方聽到老兵的低語：「只不過是想回家，就斃了，反正命不是你們的，你們大方！」

回到營區後，看著魚肚白的藍天，以及漫天亂飛的麻雀。他準備高粱酒、小菜，點炷清香祭拜，燒了紙錢。想到王班長說：「過二十多年了……當時賣得錢，我還沒交給親娘。」老方流下淚，暗禱：「王班長，安心上路，不必再辛苦地游泳了。你的靈魂可以好好回山東老家了！」

王分的槍決給老方極大的震撼，老方想如果不能回老家，真的要在部隊當一輩子的兵嗎？幾經思考，老方的爸爸遺傳給他的賭性隱隱起伏，「不能繼續押寶在部隊上了，與其思鄉不能返鄉，不如到外頭闖一闖！」他決定退伍。老方告別舅舅，從金門返臺。

搭上軍艦，行經臺灣海峽時，金黃的陽光照耀，大海一望無際，波光鱗鱗，軍艦迎風破浪，起起伏伏，老方在船舷，看著船邊的浪花碎沫，想起父母、兄長、故鄉，還有不慎弄丟的全家福照片，幸好是王班長拉住想要去找照片的老方，不然老方一跑，必定是槍斃，接著身染重病，也是受到王班長的照顧。此刻，過去的點點滴滴在腦中，像是電影一幕接著一幕，老方落淚了，又怕別人看到，趕緊拭去……看著藍天白雲，老方暗暗告訴自己，「一切重新開始了。」

美麗的藍海部落

老方曾在部隊參加隨營補習，退伍後考上師專，老方每日都會讀國語日報，學著把「俺」改成「我」，但是口音仍然有著濃重的鄉音。畢業後擔任國小教師，老方選擇臺東長濱竹湖村的國小任教。選擇竹湖這個偏鄉，是因為有一年，老方來這兒玩，對這裡的寧靜及純樸的阿美族留下深刻的印象，村莊的前方是碧藍的大海，後方是蒼勁的海岸山脈。老方在暑假到竹湖國小報到，那天學校沒有學生，報到的行政程序完成後，老方在沙灘上坐上半天，靜靜地看著柔和的大海，浩浩渺渺，海浪陣陣拍岸，規律而有節奏，浪湧，浪來，接著浪碎，浪退，看海、聽海，已經讓老方愛上了竹湖。

當了老師的老方在孩子們上學的頭一天，老方教孩子要做個有用的人，做個好人，服務社會。老方的鄉音重，孩子們聽成了katacomoli'（蝸牛），兩個孩子悄悄細語交談：

「老師怎麼會說katacomoli'？」

「可能想要吃吧！」

「你們兩位在說什麼呀？」老方對孩子微笑說。

「moli'[1]！」兩個孩子異口同聲。
「對。當個好人。」
孩子們會心一笑。
老方喜歡對學生講中國歷史，聽著老方的山東話，孩子在作業上把岳飛寫成「月肥」、秦檜寫成「金快」。孩子們一頭霧水，老是問老方：「他們是誰？」
「岳飛是中國南宋的忠臣，秦檜是奸臣。」老方正經地說。
「老師，他們不是我們的祖先！」孩子們回。
「你不是中國人！是什麼人？」
「我們是Pangcah[2]啦！」
「什麼？」
孩子們笑聲如鈴銀，「Amis，阿美族呀！」眾口回應。
老方看著這些可愛的孩子，聽著笑語，「我們都是中國人呀！」嘆了氣，「唉！」
「老師，他有takora……」突然一個孩子指著另一個孩子。
「什麼是takora？」老方疑惑。
孩子從他的竹籃抓出一隻青蛙，走到老師面前，「老師，這個就是takora！」孩子伸開

1 moli'是蝸牛的一般說法。
2 阿美族人通常自稱是「邦查」。Amis是他族對阿美族的稱呼。阿美族仍自稱Pangcah居多。

手，以為青蛙會乖乖在手心上頭，牠冷不防往老方身上跳去，老方在部隊待過，閃過身形，青蛙亂跳，全班忙著抓青蛙。原來早期生活清苦，孩子會到水田中抓青蛙，他們就帶著青蛙上學，放學回家後交給母親煮青蛙。

老方教書的年代，那時六、七十歲的阿美族耆老說的是日語，孩子們回到家說的是阿美族母語，老方講的話是山東腔國語，發生過許多趣事。

老方曾在部隊當過伙房兵，會作山東饅頭，常常在學校的廚房蒸饅頭，給學生吃。有天中午他要孩子去廚房拿碟子，放點醬，拿饅頭夾大蔥沾醬著吃。

孩子睜著大大的眼，滿臉疑惑。

「去拿碟子來。」老方再說一遍。

孩子跑去後，久久沒回來，老方左等右等，心想孩子皮，不知道去那兒玩了？自己去廚房拿來了一隻碟子，和學生們一起吃饅頭。

終於孩子跑回教室，氣喘噓噓，「老師，你要的電池。」孩子懷裡抱著大大的充電池。

老方哭笑不得，在黑板上寫了幾個大大的字——「碟子，不是電池。」

老方真心喜歡這群天真的阿美族孩子。老方單身，常常在課後或是假日帶著孩子到戶外，與其說老方教孩子，不如說是孩子教老方認識了野外的食物。那時部落的生活清苦，缺乏物質，野果就是最好的零食。摘kiyafes，這個表皮綠色，果肉紅色的蕃石榴是阿美族孩童常做的活動。

第一次戶外教學，老方記得那天午後，天空沒有雲，輕風微微，頭頂上一輪烈日，海是藍色的，天也是藍色的，海浪聲、嘻鬧聲，他們就這樣漫步到瓊麻林，孩子們高興地穿梭在林內，老方擔心大喊：「小心點，別刮傷了。」

孩子們一股勁地摘蕃石榴，裝得滿滿的一袋，拼命猛吃，其中一位孩子吃得肚子大大的。另一位就笑他，「明天你tomayi，一定會makataan。」眾孩子哈哈大笑。

「什麼是tomayi'？什麼makataan？」老方問。

「老師，我說……我說……」孩子們爭先恐後地圍著老方，搶著回答。

「慢著點……慢著點……」老方手摸著一個大眼孩童的光頭，「好，你說。」

「tomayi'，就是去大便！makataan，就是大不出來！」孩子們笑成一團。

「好的，老師瞭解了，換成國語的說法，tomayi'的意思，我們可以說去廁所上大號……」老方對孩子機會教育。

「老師，makataan，可以怎麼說？」一個孩子打斷老方。

「makataan是便祕呀！」

「你吃最多，在廁所上大號，拉不出來，你會便祕啦！」孩子們互笑。笑語聲中，太陽逐漸西沉，孩子們回家了，留給老方一袋的蕃石榴。

老方回到學校宿舍後，看著一顆顆綠得發亮的原生蕃石榴，心想真的這麼好吃嗎？老方先吃一顆，接著吃一顆，又再吃一顆……不知不覺中吃完半袋的蕃石榴。隔天老方肚子脹，蹲在廁所裡，使勁拉，就是拉不出屎來，心頭暗罵：「老方呀！老方呀！真貪食……現在拉屎，拉不出來了！」自語：「tomayi'……makataan.」

我是山東邦查

老方步入中年，舅舅也自部隊退伍了。舅舅平時抽菸抽得凶，得到肺癌，住在三軍總醫院，老方去看他，舅舅老淚縱橫，用衰弱的語氣提醒老方，「早點結婚吧！再不結，就晚了。俺帶你來臺灣，沒法帶你回山東老家。」

「你的爹娘交代『若是不能回來，記得在臺灣留個後。』這件事兒，俺一直掛在心上，一定要見到你成家立業才能……」舅舅喘息，「俺才能安……心……離開呀！」舅舅面容哀傷地遞給老方一張照片，上頭是舅舅與老方的媽媽合照。舅舅老淚縱橫，「俺知道你一直掛念著那張全家福，這一張是俺與姐姐的合照，俺一直珍藏著，相片裡是你的母親，俺交給你了，你也好有個念想。」老方用顫顫的雙手接起這張小小發黃的照片，兩人對泣。老方握著舅舅的手，眼前的這位老人是自己在臺灣唯一的長輩。

「俺知道！俺一定成家！」老方流著淚。

老方在臺北多待了幾天，他看著舅舅與親娘的合照，每看一次，淚就流一回。他請畫匠細細地對著照片上的親娘畫了像，裱上畫框，框的右下角是原始的照片，老方也得要感謝舅舅，讓他可以再看到親娘的像。老方抱著親娘的畫像，深怕自己再次弄丟了，從臺北坐火車到花蓮，買不到座位，老方一路上搖搖晃晃站著，他還是緊緊抱著親娘，捨不得放下。到了花蓮又轉公車到長濱竹湖，在他宿舍的牆上，釘鋼釘掛上母親的畫，「娘……俺終於能再看您的模樣了。」一想到親娘、親爹、大哥，還有將要離世的舅舅，老方哭了。

老方想起前陣子，有個老鄉跑來拉線，說是屏東楓港鄉下有個臺灣女子，是個想要再婚的寡婆。老方連絡老鄉相親，那位女子是個二十七、八歲的女人，頭臉白淨，於是就湊合在一起。趕在舅舅臨終前完成終身大事，了卻舅舅生前最大的願望。

老方繼續回來教書。多了個方嬸，方師母。

婚前，老方不清楚方嬸的為人；婚後，才驚覺方嬸是如此豪放。一對雙豪乳像是兩個木瓜，走近時便隱隱感覺乳波的晃動，一張屁股圓渾渾的，走起路來搖搖扭扭的，肉彈彈的木瓜奶跳上跳下，腳趾甲塗上大紅指甲油，一股帶勁兒的浪樣。平時方嬸關起門來浪給老方看，也就罷了，沒想到方師母竟常常穿著內衣坐在家的客廳。

那個年代做飯要燒柴，自老方結婚後，孩子們放學去海邊檢漂流木，回家順路會分給老方一些。小孩送柴到家時，師母成熟的木瓜奶僅用薄薄的內衣遮著，若隱若現。孩子的眼大大的，師母的奶也大大的，而且是毫不忌諱地晃動著。事情傳遍了整個部落，最後傳到老方的耳中，老方責備方嬸，「當師母要端莊。」方嬸火大朝老方吐口水，老方滿頭滿臉的唾沫，方嬸拉起嗓門高聲回罵，嗆老方三字經、五字經，而老方只會回：「他媽的！」、「進你親娘！」。

那時都說嫁給外省人是好命，外省人疼老婆。敵不過方嬸的老方，只得隨她了。不知情的人勸老方，「好好管管方嬸，別再疼她了。」老方有苦說不出，對於方嬸日益放浪，只能坐視不管了。某日小朋友檢柴，經過工友室。

「現在嘸人，伊去部落看學生，做家庭訪問。」說話的人是工友，語氣透著情慾。工友是臺灣人，年輕小夥子，身體的肌肉塊節節瘤瘤隆起，理個小平頭，曬得一身古銅色，平時就和方嬸嬉笑眉來眼去。

「那個老方……」回話的是女人聲。

孩子們聽到對話聲都靜下來了，面面相覷，緊接著又聽見那個女人的聲音。「唔……唔……」其中一位孩子唇語，「是師母。」孩子們好奇地從窗戶偷瞄，看到師母活像頭母獅子，裸身騎上工友的身體，晃動著那雙木瓜似的胸乳，蓬頭散髮，低聲呻吟。然後工友兩腿伸直悶哼，方嬸仰著頭，雙手緊抓著工友的胸肌，約停頓一秒，接著像是氣力用盡般，直挺挺地趴在工友身上。孩子嚇壞了，以為師母死了，趕忙逃離現場，共同約定要恪守這個祕密。

紙終究是包不住火的，此事傳開的同時，方嬸跟工友跑了。老方大罵方嬸，「丟人！丟人！」孩子們疑惑，平時體育課玩躲避球，老師嚴格禁止孩子故意拿球用力丟同學，每次只要老師發現，老師都會怒吼：「禁上故意丟人！」孩子們的小小腦袋知道丟人是不好的，但是總覺得怪怪的，大人又不允許小孩多問，只能暗自起疑——「師母愛玩躲避球嗎？」

那時陣子放暑假，學校沒有學生，老方天天藉酒澆愁。恰遇到部落豐年祭，老方是老師，族人格外敬重，邀請老方參加，品嚐阿美族的傳統食物——siraw（醃鹹豬肉），老方嚐了一口，豪邁地用手抓hakhak（糯米飯），再喝下fiko（糯米酒）。此後，老方愛上siraw、hakhak與fiko，除了做山東饅頭，也向族人學會了做siraw和fiko，並將siraw在口味上稍微變化，精進烹調技術，族人嚐過後大讚，「老方，你是不是流落在山東的Amis？」

「俺也是Pangcah了。」老方用他的山東腔笑說。

此後的豐年祭，年年都有老方的siraw，總是會被族人一搶而空。

歲月悠悠，又過了十年，老方決定再迎取新的師母。新師母是老方在竹湖教書第一年的畢業學生，是位阿美族的美麗女子。老方為人和善，與部落關係融和，這在部落算是大事。

老方真心地愛新師母，特別穿上西裝正式登門拜訪，那時是炎炎夏暑，老方的汗水濡濕了襯衫。阿美族的部落是母系社會，女方的親族堅持mikadafo。老方以為是「招贅」，頗感為難。

「阿美族的婚姻是男子入婚，從妻而居，女人負責管理家務事、生產，擁有土地、財產，且由母傳繼給女兒，姓氏也以女兒繼承母親的名子的原則；男人則代表家族對外，負責部落的公共事務、作戰、狩獵等。」長老強調，「男子在mikadafo中，絕非是漢族贅婿的角色。」部落的長老解釋。

老方理解了，語重心長地對女方的父母說：「我在部落教書教十多年了，一草一物都熟悉，部落的孩子我也全部認識，甚至有些孩子，我還幫助他們完成了學業。我打從內心認同這個地方，也算得上是Pangcah。」老方誠摯地說：「結婚成家後，我會住在這兒，這兒就是我的家鄉。你們就是我的親人。」

新師母聽得眼眶濕紅，她的Ina（媽媽）終於點頭同意，Mama（爸爸）則誇獎老方，「Ci aresinay ko kalaw a fa’inayan”.」

老方不解，族人解釋：「老方，你的準岳父說你是眉毛上沾滿露水的男人。」

老方拿出手帕擦拭額頭的汗水，「那不是露水，是我緊張得滿頭大汗的汗水。」他摸摸自己的眉毛，用生硬的族語說：「kalaw ko’alol no cohel ako.」一時笑語盈屋。族人稱讚老方族語說得比國語好，笑著說：「竟然沒有濃厚的山東腔。」族人繼續說：「這句話的意思是『汗水流到我的眉毛上了。』老方，你說的很標準耶！」

老方不好意思地微笑，新師母在老方的耳畔悄語說道：「Ci aresinay ko kalaw a fa’inayan”.這句話是指你是一位勤勞奮發的男人，描述男人天亮就在田裡耕作，晨時的露水都沾在眉頭上了。」

正式提親時，老方帶著自己親手做山東饅頭、siraw和fiko。婚禮時，新師母溫柔地為老方披上情人袋。結婚後，夫婦倆備好鮮花素果，還有母親的畫像，以及舅舅與母親的合照，到軍人公墓給舅舅磕頭上香。

老方下跪，恭恭敬敬地磕三個頭，含淚說：「舅舅，俺真的要在臺灣落地生根了，這是俺的太太，俺會愛她一生一世的。」師母看著，聽著，當場流下淚來。「舅舅，您在天上好好安息吧！每年清明時俺夫婦倆都會來看您。」

老方接著對母親的畫像說：「娘，俺也不知道何年何月才能回家看您和爹，還有俺哥？這是俺媳婦，俺在臺灣成了家。」老方語氣哽咽，心中許多的感觸不知如何說起，「娘、爹、大哥……」只能嗚咽泣訴：「您們要保重。」老方和師母就這樣在墓前對著舅舅的墓碑、母親的畫像，還有老方心頭想念的親爹、大哥，低泣不已。

再婚的老方感到幸福，這幸福沒有大富大貴，那個感覺像極了竹湖村的樸質清雅，一股實實在在的幸福。老方好感謝師母帶給他的一切，他為師母取了「玳瑚」的雅號。一年後，老方夫婦生了兒子，老方為兒子取名「白石」。老方說：「白石得到玳瑚的遺傳，美得像竹湖海邊的白石。」這回有了家，老方格外珍惜。從山東到臺東有千里之遠，老方經歷戰爭、逃難、離散、死別……他心頭知道這一切得之不易。他愛玳瑚、他愛白石，也愛這小小的阿美族部落，但老方心中還是有掛念，絲絲縷縷纏繞著他的心。老方離家數十年，有老兵私下從香港回山東探親，老方託囑打聽到老方的父母、大哥全家在國共戰爭中，遭土匪打劫殺害離世了。老方多年的期盼完全破滅，他後悔生在這個時代，沒能在家裡好好地與父母、哥哥相處；另一方面他又罪責自己弄丟唯一的全家福照片，他怎麼想也想不清他的童年，童年記憶中的父母、兄長，完全是一片模糊的回憶。難過至極的老方，跑到海邊奠祭雙親和大哥。

他想起離家時的情景，父母將老方託付給舅舅加入國軍沿路撤退，自己生了病，照顧他的同鄉王分班長，兩人想家歸不得的痛苦，王班長因為想回老家被槍斃，刺激老方決定退伍，老方深思，「這是他們犧牲生命成就了我。」

老方接著想到自己獨力完成師專學歷，一個人來到臺東，在這個與藍海為鄰的阿美族部落當老師。結了婚，舅舅過世後，沒多久離婚。又再結婚……好不容易成家，結果得知自己原生家庭的至親全都過世了。老方長跪，除了慟哭，還是慟哭，哀怨老天的不公平，老方像撕開肝肺般地呼喊親爹、親娘，還有大哥……

莌瑚跑到海邊安慰老方，哽咽道：「我和孩子都在你身邊，陪著你。」老方抱著莌瑚，想起了十三歲那個少年——想念父母的小方……這回他在莌瑚的懷裡澈澈底底地大哭，要用他的淚水洗盡這段思親歲月的傷痛！

一九八七年的夏天，老方原本答應族人要參加豐年祭，但自年初起老方就經常頭痛，到醫院檢查，發現長了腦瘤。那年的豐年祭只有老方準備好的siraw，老方本人缺席了。醫師進一步檢查瘤的位置極深，醫師不敢動刀，只做非侵入性減緩疼痛的治療。老方的身體慢慢走下坡，他知道大限之日來了，在他身子骨還可以時，拍了張全家福。那天老方特別向醫師請假，瘦而有病容的他穿西裝，打領帶，身披莌瑚為老方準備的情人袋、莌瑚也披上同樣款式的情人袋，白石穿上阿美族的服飾，一家三口拍了全家福。照片洗好後，老方端詳著一家人的全家福，這是老方在臺灣的第一張全家福，也是最後一張全家福。

老方微笑，「莌瑚，你和白石的笑容像部落裡的陽光一樣地燦爛，是同個模子打出來的……這張全家福照片拍得真好。」老方語氣顫顫地說：「我原本也有一張全家福，有爹、娘、大哥，在大陸打仗時丟了。」老方喘著氣繼續說：「芃瑚，這是我人生歲月中的第二張全家福，千萬要好好留著這張全家福。」

老方希望自己的後事一切從簡，火化之後的大部分骨灰撒向部落前的那片藍藍的大海，因為自己已經是阿美族人了，「竹湖是我的家鄉了。」但老方還是希望能將剩餘的些許骨灰灑散在山東青島老家的村子口，「我希望能再陪陪爹、娘……」最後老方感謝說：「芃瑚，你是最美麗的Pangcah姑娘。謝謝你當我的妻子，讓我完成當年父母交代我要在臺灣留後代的遺言……生下了……我們……共同的白石……」

芃瑚流下淚，緊緊握住老方的手。老方氣游若絲，「等……等……」芃瑚耳朵貼著老方的唇，費力地聽清，「等白石長大後……記得帶我……回山東老……老家。」芃瑚看著老方的神情，眼神似乎看著遠方，他的嘴角微微揚起，「爹、娘……大哥……」終於老方吐盡最後一口氣。

老方沒有過完那年的冬天，離世的日期是一九八七年十一月二日。那天正是中華民國政府開放老兵可以返回大陸故鄉探親的日子。

爸，回家了

悠悠若干年又過了，白石長大成家立業了。莁瑚一直叨唸要完成老方遺願。這天是老方九十歲的冥誕，終於如願。

飛機準備緩緩降落青島機場時，莁瑚輕輕拍我的手，將我從紛紛亂亂的思潮，拉回到機艙內，繫上安全帶的警示燈已經亮了，我扣上安全帶。

「白石！白石！」莁瑚低呼。

「Mamaan, Ina?（媽媽，怎麼了？）」我微笑回應。

莁瑚指著機窗外的大海。

「Langdaw ko riyar i青島！（青島的海怎麼這麼藍！）」我驚呼，眼前的那片海藍得澄明，藍得澈底！難怪老方這麼喜愛竹湖。

我抱起著坐在我身旁的老爸，一只小小的骨灰罈。端起老爸，讓老爸看著青島的藍海……心頭閃過，「從十三歲到九十歲，整整七十七個年頭……」我感嘆著，「從臺東回到山東。」鼻頭一酸，淚就落下來了，「爸！我們終於陪著您回到山東老家了。」

〈回老家〉寫作感言

本篇獲得一〇九年原住民族文學獎。這一年是寫作的豐收年，也是開心的一年。我在頒獎時說：「也是使命開始的一年。」

二〇二〇年，後山文學新人獎獲獎，資助出版《倪墨（Nima），誰的——一位心理師的小說集》；原住民族文化事業基金會補助出版《一位原住民心理師的心底事》；就在這一年，〈回老家〉獲得原住民族文學獎。

〈回老家〉是我正式以老兵的故事為主軸寫的短篇小說，巴代老師擔任評審表示：「作者用了兒子的視角，去回溯事件發生的過程，進入那個情境，我覺得可以推薦。」[3]故事中的老方的原型是我的繼外公，也是我的父親牛錫松先生，更是所有與這片土地上原住民結合的老兵。當Email通知我〈回老家〉獲獎時，那時我的人在醫院的辦公室，我想到獲獎的意義是代表原住民文學的多元性、包容性，還有族群的融合性，我開心地眼了濕，特別到洗手間洗臉，讓臉浸在冷水後，我抬頭看著鏡中的自己，臉上還留有水漬，我對自己說：「這是起點，不是終點。」

頒獎典禮時，我親自到臺北接受頒獎，在感言末了，對評審委員、觀禮的原住民朋友、非

3 參見《一〇九年第十一屆臺灣原住民族文學獎得獎作品集》，原住民委員會出版，二〇二〇年。

原住民朋友，我說：「最後我要說的是——謹以本篇紀念在天國的老爸及所有的老兵，是您們用小人物的生命經驗給我創作的泉源。」

爸爸們

莊季萊在研究室裡，對著電腦說：「大家都到齊了吧！」她逐一點名學生。

莊季萊，女性，阿美族，在〇〇大學教授「民族心理學」。會修這堂課程，以原住民的孩子居多，可是這幾年，莊季萊發現一個現象，修這堂課非原住民籍的孩子，慢慢高過於原住民籍。她有點憂心，轉念一想，這也是一個好現象，代表著臺灣的族群開始有對話，有瞭解，有融合。

這個學期因為新冠疫情嚴峻，改成線上課程視訊教學，莊季萊說：「今天是最後一堂課……」

學生七嘴八舌，「老師，你上次說要講老錢的故事呀！」莊季萊想到之前的實體課，在教室裡，她在黑板上寫「錢有乾」，學生立刻說：「錢有乾（干）。」另一個同學說：「還有濕餒！」莊季萊說：「不是曬乾的乾，是乾坤的乾，錢有乾。」她微笑問：「為什麼會取乾坤的乾字呢？」學生們你看我，我看你，或是低頭。

莊季萊心中感嘆，過一會兒，她對這些孩子們娓娓說出錢有乾的故事，「老錢！老乾！指著是錢有乾。錢有乾是老榮民，山東人，老錢常說：『俺叫錢有乾，乾的音和錢是一樣的，別叫俺曬乾的『乾』，錢都乾了！』」

「為啥叫『有乾』呢？」有一回，我問老錢。

「俺爹是莊稼漢，唸過幾年私塾，俺娘懷上俺時，他到廟裡請算命先生用《易經》卜一卦，得到乾卦。先生說：『乾字好，乾是天，天行健，君子以自強不息。』先生為我起了──錢有乾。」老錢說。

老錢的手足有大哥及兩個姐姐，老錢排行老么。老錢出生後，帶來吉運，父母掙攢錢買了地，「但俺的爹娘每天還是去種地。」

國共戰事起，人心惶惶，四處傳言，「中共專鬥地主。」那一年國軍部隊的一個連到了老錢的村子，連長姓趙，借老錢的宅子當作指揮所，趙連長是黃埔軍校畢業的，部隊的軍紀嚴明。老錢的爹看著局勢愈來愈壞，對孩子的娘說：「俺打算將有乾託給趙連長帶到臺灣。」老錢的娘心頭上有一百個不願意，也流淚答應了。

「上次我是不是講到這兒？」

「是的，老師。老錢後來到臺灣嗎？」

「是啊。在部隊登岸時，他與趙連長失散了。」莊季萊補充，「臺灣剛剛光復，經濟蕭條，大家都過得很苦，老錢曾經和狗爭食過，後來他又回部隊。過了幾年後老錢進了海龍部隊，邊當兵，邊接受隨營教育，得到高中同等學歷。在部隊當班長時，認識了阿美族的周坤隆。」

領導人過世

一九七五的四月五日臺北的夜空下起暴雨，蔣公過世。隔一週是周坤隆的新兵入伍結訓典禮的日子，那一天天空無雲，一輪烈日照著集合場上數百名持槍的戰士。與蔣公同是浙江人的師長王若石將軍，在司令臺上精神講話，從他讀官校開始講到他升將軍。王師長說：「講到蔣公……」結訓的這群數百戰士如觸電般立正，「蔣公他老人家的氣節，從他的名字——介石，就可以看得出來——其介如石。我的名字是若石，就是效法蔣公的精神。」王師長語氣驕傲，「主義、領袖、責任、國家、榮譽，五大信念；美國只有三大信念，我們多了兩個。主義，就是國父創立的三民主義。領袖，就是我們偉大的蔣公……」說得熱血沸騰的王師長，忘了喊稍息口令，全體戰士就在烈日下立正聽訓。

烈日曬得鋼盔發燙，周坤隆昏昏沉沉，他不是很理解師長的浙江口音，只懂個大概——就是蔣公死了，同胞們要完成他老人家的遺志，堅信反共必勝建國必成。這個跟他在部落的經驗很像，他的阿公離世前叮嚀，要族子、族孫們相信周村暉會回家的。周村暉是他的大伯。周坤隆轉念想到今年的一月八日大伯自印尼回到部落，大伯的日本名字是大村暉夫，參加高砂義勇隊到印尼的叢林打游擊，完全不知道日本戰敗，生活在戰爭的想像達三十一年。被發現時，日本人稱他是「最後的帝國軍人」。經過國際調解後，他終於搭上華航回到中華民國，迎接他的是青天白日滿地紅的國旗，而非記憶裡的太陽旗，熟悉的昭和天皇變成總統蔣公。一切都是新的開始，就連他的漢名——周村暉也是新的，但是他的心情是落寞的。族人在部落舉辦盛大的歡迎會，他踏回熟悉又陌生的土地。這輩子只會作戰的周村暉，得知周坤隆要入伍，很開心地用族語交雜日語與他聊天，周村暉想起當年他意氣風發，披上「祈武運長久」的肩帶，於是激動地唱起日本殖民時代的〈台湾軍の歌〉：

……

守護有咱臺灣軍

啊　嚴防的臺灣軍

……

白花花的炎炎烈日持續發揮，王師長高喊，「軍人的氣節是不怕死、不怕苦、不怕難，三不怕……」周坤隆的草綠服被汗水濡濕，一顆汗珠自左眉滴進左眼，他忍著刺痛，不敢亂動。王師長終於講到最後，帶領所有戰士呼口號：「消滅萬惡共匪，解救大陸同胞」。這個場景很像周坤隆披著紅底金字「光榮入伍」的肩帶，族人燃炮送行時，周村暉用日語高喊「萬歲！萬歲！」周坤隆聽成「Pangcah! Pangcah!」[1]頓時熱血湧上。

會場總值星官向師長行軍禮後，下達：「各部隊不敬禮帶回。」有些體力不支的士兵，被扶往醫務所。長官大罵：「媽的，這樣子的體力怎麼完成蔣公遺志！」司儀廣播：「參加蛙人選兵者，請速帶至中正堂集合。」

周坤隆是其中一位。在中正堂，他頭一回見到班長老錢，老錢的山東話，周坤龍也是聽懂個大概，意思是說：「以前山地人不能當蛙人，現在開放了，正是報國的時機。」老錢查了周坤隆的體測成績在前三名內，立刻選他，他成了第一批進入海龍部隊的山地人。蛙人訓結束，周坤隆除了政治教育成績低落外，他的基本體能、絕壁登降、野外求生、海上訓練與陸地訓練的表現完美，海龍的長官在政治教育上要求周坤隆只要會呼口號——「消滅萬惡共匪，解救大陸同胞。」就好了。戰場的戰士不能想太多，也不能有意見，個性要單純，要會聽長官的話。那一期的學員共有五名山胞戰士，司令官特別到營區與學員合影留念。周坤隆報到後，被編到老錢那一班，在他的調教下，周坤隆也聽得懂山東腔國語了。那天是週末的晚上在營休假。老錢準備高粱酒、小菜在他的士官寢室與周坤隆喝起來。

「坤隆，這個名倒是不錯。」老錢與周坤隆乾了一杯。

「我出生時，有條牛跑到家門口來，阿美族的牛就是kulong，我的爸爸去報戶口時，辦事

[1] Pangcah，指阿美族。

員聽到爸爸說族名kulong就想到『坤隆』。」

「kulong……坤隆。」

「班長的山東話，我聽了都一樣。」

「呵呵！」

「小時候，我常去放牛。」

「你沒讀書？」

「原本國小畢業後，我要去工作。我的國小老師是四川人，特別和村長到家裡同我爸爸說，要我繼續唸國中。爸爸答應了，但是我常常請假放牛，老師也沒多說什麼，我就糊哩糊塗畢業了。」周坤隆自呷一杯，伊伊啞啞地唱起阿美族語歌謠。

「俺聽不懂你唱啥？」

「背起飯包和番刀
到山上牧牛去
坐在牛背上
牠高興地啃著青草
我唱起山歌來
牠也和著哞哞叫」[2]

「坤隆想家呀！」

周坤隆從他的皮夾掏出一張照片，上頭有折痕，「班長，這就是我太太——莊麗信。」老錢看到折痕，想起長官交代部隊裡不能有私人物品，要放在儲藏室。但老錢心想只是個照片，有個念想，士兵的心情也好過些，不像他連個家人的照片都沒有。老錢就睜隻，閉隻眼，沒想到周坤隆竟把照片折在皮夾裡，尤其是那個折痕剛好就在中間，分開周坤隆與照片中的女子，老錢有些不忍。

「這是我的太太，下個月就生了。」

「俺恭喜你。弟妹的名字在你們的族裡有沒有特別的意思？」

「麗信的Ina和Mama……」

「Ina是……什麼意思？」老錢打斷坤隆的話。

「是媽媽的意思，Mama是爸爸的意思。麗信出生那天是豐年祭，族語是lisin，他的父母就取lisin，國字的麗信是戶政事務所的辦事員取的。」

驀地，老錢想到一件事，「坤隆，你是被招的贅婿，是不？」

「你說的是入婚。」

「入婚是什麼？」

「我們阿美族的男人認為入婚是光榮的，因為代表他有能力改善他心愛妻子家裡的生活情

2 黃貴潮以阿美族族語作詞譜曲的〈放牛歌〉。

況。」

「男人要做啥呢？」

「負責處理狩獵、作戰，妻子管家裡，對外是由先生負責。」

「牛就是kulong，kulong是坤隆……」周坤隆在旁笑了。老錢有點醉，說的山東話，很渾很濁，音幾乎一樣。老錢又繼續說：「lisin是豐年祭，lisin也是麗信……男子入婚……阿美族很有意思。」他慎重交代周坤隆，「收好照片，別讓人瞧見，會被處分。」

宵禁的時間到了，老錢起身要拉上遮光的黑布簾[3]，看到夜空裡黃色的大月亮，低低懸著，像盞街燈。

「月亮真漂亮。」周坤隆說。

「很像故鄉的月兒。」老錢惆悵地回應。

倆人覺得月光特別明亮，柔柔地落照在酒桌上，老錢不打算拉起黑布簾了，關燈後，打開窗戶，讓月光透進來，倆人繼續喝著高粱酒。

「班長，你想不想家？」

「唉！離家二十多年了。那天俺娘哭著打包行李，俺爹交代好多事兒，娘在旁哭不止，俺爹說：『有乾，你十二歲了，照顧好自己，聽趙連長的話。』俺心想兩個月就會從臺灣回來，很天真地說：『娘，不哭了，俺去去就回來了。』他還在一張白手絹畫上村子的地圖，在俺家的位置畫了圈，在旁寫上『山東省即墨縣[4]葦產村……』交代我：『這張圖要收好，記牢家裡的地址。』俺爹嚴肅地說：『聽清了，等時局穩定後再回來。』真像昨天一樣。」老錢的淚快滿出眼，但他就是不讓它落下。

「班長，您那時年紀小，搭船的滋味可不好受吧？」周坤隆轉了話題。

「俺不會暈船，很多人暈吐了。俺卻坐不住到處跑。船快到碼頭時，趙連長將俺爹給的三個銀元交給俺。終於要靠岸了，俺聽到奏樂與歡呼聲，心頭好興奮，直到瞧見下船的部隊在碼頭整隊集合，才驚覺趙連長不見了。俺在人群中急著地找趙連長。」

「找到了嗎？」

老錢搖搖頭，「那些軍人都走了，俺被拿著槍的士兵趕走，在街上亂逛，銀元用完了。俺的餓得全身發冷，俺為了活下去……」老錢喝一杯高粱酒，「俺搶狗食。」

「真的不可思議，我們在部落會有地瓜，再不行我們就自己去找野菜，我們相信祖靈會照顧我們的。」

「俺吃狗食鬧肚子，後來，俺去了家麵攤……」老錢瞇起醉眼，回憶起幼時，餓著肚子的老錢，疲倦地站在麵攤旁。

「細漢仔，你愛吃麵是嘸？」那位約六十多歲的老闆看見瘦小的老錢。

3 自金門八二三砲戰後，兩岸進入單打雙停，為了避免成為砲擊的目標，宵禁後一律燈火管制，室內如須照明，窗戶一律拉起不透光的黑布簾。

4 即墨縣在一九七八年劃歸青島市。

老錢聽不懂，直搖頭。

「小弟，啊……是不是肚子餓？」老闆改說國語。

老錢點點頭，老闆端上一大碗湯麵。老錢顧不得燙，快速地吃完了。

「還要嗎？」

老錢怯怯地點頭，老闆又端上一碗，老錢三口當作一口吞。

「毋通吃這緊，慢慢吃。」老闆提醒。

老錢完全沒聽進去，像隻餓極的狼，連吃了三大碗，連碗也似要吞下肚。

「細漢仔不能擱吃啊！擱吃肚子會疼。」老闆收走碗筷，用生硬的臺灣國語，「你的老爸、老母呢？」

老錢聽懂了，眼淚像是拋沙似地落下。

「是怎麼了？」

老錢完全說不出話來，猛地搖頭，哭得雙肩一聳一聳的。過了好久，老錢才說出他從山東到臺灣的過程。

老闆幽幽一嘆，「唉！細漢仔，恁真正歹命。」收留老錢。

老錢白天洗菜，晚上老闆賣麵時洗碗、擦桌，夜裡在老闆家打地舖睡覺。兩個月後，有個文書兵到麵攤吃麵，是山東人。

「要不要來俺的部隊？都是山東人，彼此有個照應，總比流浪街頭強吧！」

「俺才十二歲。」
「在部隊上，有一堆娃兒。」
老錢答應了，又回到部隊。
「班長，我敬你。」周坤隆端起酒杯。
兩人飲盡後，老錢說：「可惜，我後來再也找不到這位老闆了，他是俺在臺灣遇到的頭一個好人。」
「班長，你很像我的大伯離開家到印尼作戰。他不知道日本戰敗了，躲進山裡，等被發現後才回家，已經過了三十一年了。」
「你是說阿美族的高砂義勇隊周村暉是嗎？他是你的大伯？」
「是的，我的大伯十八歲時被日本徵召當兵。」
老錢自飲一杯，「奅，他還可以回家，俺……打這個仗不知道何日結束？根本就是個……」
老錢的嘴形比一個「屁」字。倆人大笑著，乾了杯中的酒。
「這到底是誰的戰爭？」老錢有些怒意，「真他媽的……」
周坤隆機靈地打斷老錢，「班長，我們喝一杯吧！」
「好！喝。」老錢豪邁地飲盡，唇邊沾上殘酒，老錢用手抹去，「唉！老蔣走了，小蔣也不知道能不能帶我們回大陸老家？」他突然有感而發地對周坤隆說：「坤隆老弟，你有老婆、孩子，得好好當完兵啊！」

「班長，有你在真好。」

「老弟，這酒喝光了。下回咱們再好好喝一杯。」

「你來我們阿美族的部落，族人會熱情地歡迎你，讓你醉上三天三夜。」

「好，就這麼說定了。」

突然「咻聲」急得由遠至近，他倆知道這是單打雙停老毛的問候，只是這聲很急促，接著砲宣彈爆炸，房子震動，酒杯都跳起來了。

「進你親娘！」

「kapatay to, kapatay to Kamo maemin.」周坤隆怒罵。

「你說的是啥意思？」老錢問。

周坤隆醉言，「班長，阿美族沒有三字經、五字經、他媽的、屌，罵人最嚴重的就是『kapatay to, kapatay to Kamo maemin.』意思是——去死，你們都去死吧！」

對岸高音喇叭傳來，「親愛的手足同胞們，中國人不打中國人……」

「屌你個老共。」老錢想學阿美族的族語，「kapa……」他想不起來要怎麼說，醉言道：「俺醉了。」

「班長，是kapatay to, kapatay to Kamo maemin.」周坤隆也醉了。

倆人醉趴在桌上。微風輕吹，從窗戶飄下一張心戰傳單，落停在空的高粱酒瓶旁，溫柔的月光照著傳單，上頭寫著「同胞們，白髮娘親在家鄉呼喊……」

一九七六年對岸的國家主席毛澤東同志在九月九日過世。蔣總統過世時，深怕對方趁機偷襲，前線提昇戰備一段時間。老毛過世後，我方要幹起來了，預備在十月十日國慶前夕將國旗、心戰傳單送到對岸去，讓對岸的老百姓記得中華民國仍然存在。這是機密任務，整個月部隊不斷加強泳訓與夜戰訓練，上層的長官對基層的戰士們是保密到家的，嚴格管制與家人通信，書信一律得通過檢查後才能收寄。直到出發前一日老錢和周坤隆才被告知要出任務。

那天凌晨一點運載一個排的水鴨子在距敵近岸的海面停俥，一行人潛游，靜靜地上了灘岸。驀地，兩只強力探照燈照到灘際，如同白日，同時傳來共軍的心戰喊話：「親愛的同胞們，我們在這兒已恭候多時了。」

「肏你媽！部隊裡有匪諜。」老錢罵。

「手足同胞們，我們準備了餃子兒，同時也準備了槍子兒，大家都是一家人……」廣播停頓半秒後，加重音說：「咱們一起坐下來喝酒、吃餃子，若是敬酒不喝，就給各位吃槍子兒！我們奉陪到底！」

排長怒罵：「我肏你個老共。」用手槍射擊，立即打中一只探照燈，突然間雙方槍聲大作。剩一只的探照燈來回在沙灘上巡照。掩藏在草叢裡的共軍通用機槍不斷地從左右兩側吐出火舌，明亮的曳光彈斜橫著切割沙灘，顯示出彈道路線，老錢看到這個場面，心感不妙，「老共要阻斷退路，活捉咱們。」老錢扯開嗓子在周坤隆耳畔吼著。

這次任務是趁黑潛到村裡，貼傳單、插國旗，帶的武器是輕型武器，老錢他們用手槍、

步槍朝敵方開槍，拋擲幾顆手榴彈，共軍不為所動，用強大的火力編織火網，多數同袍身陷其中，只有少數在火網的外緣，

老錢指揮著其他班兵，退出戰場。共軍發射了一枚照明彈，四週就像是白天一般，周坤隆睹見一枚手榴彈擲來，他推開老錢，一腳將手榴彈踢到一旁，順勢臥倒。「轟」！共軍的手榴彈爆炸，老錢心有餘悸，若是沒有周坤隆這麼一推，必定重傷，他爬行到周坤隆身邊，看到他的右小腿受傷，似乎脫臼了，想必剛剛那一腳踢得力道極大。老錢再看看週圍的弟兄，有些人動也不動地躺在沙灘上。此刻戰況，不容許老錢害怕，他逕自臥射，「進你娘！」

「班長快撤！別死在這兒了。」周坤隆拉著老錢的衣角。

「坤隆！」

「照顧麗信和我的女兒。」

「俺會的！」老錢吼道，頓時忠黨愛國、為國捐軀，老錢全拋在腦後，扯開嗓門，在周坤隆的耳邊高喊：「活下去，活著當個俘虜也比死了強。」老錢握著周坤隆的手，轉頭下令：「撤退。」

一位弟兄爬行到老錢那兒，拉著老錢：「快走。」

老錢鬆開周坤隆的手。撤退的弟兄和老錢上了水鴨子，聽見一聲枚砲彈爆炸，閃若白日，之後所有的槍砲聲都停了，傳來共軍的心戰喊話：「中國人不打中國人。」

「周坤隆是死？是活？」

「他們進到臺北忠烈祠了嗎？」

學生們在線上一連串提問。莊季萊說：「老錢說長官不承認這次任務，他對部隊失望了，心理很難過，他與這批原住民蛙人和有很深的感情。」

「老師，後來怎麼了？他有到部落找到莊麗信嗎？」

「有。老錢退伍依約定到部落，找到莊麗信，但他沒有說出周坤隆的事。老錢信守承諾要好好照顧她們母女。」

「莊麗信嫁給老錢了嗎？」

「嗯。」

「那個小女孩叫什麼名字？」

莊季萊看著電腦出了神。

「老師……老師……」

「怎麼了？」

「那個孩子叫什麼名字？」

「她的名字叫做吉辣。老錢帶著莊麗信和吉辣住到都市。老錢考上公職，找到當年的趙連長，趙連長當上很大的官，在老錢的公職之路給了諸多照顧。」

故鄉的泥土

一九八六年一月二十六日，寒流來了。那天氣溫陡降，老錢帶著老花鏡看著報紙，「年輕的兇手昨日凌晨狠心殺死洗衣店雇主一家三口」斗大的字映入吉辣的眼眸。老錢放下報紙嘆息，「唉！」十二歲的吉辣將報紙拿過來，慢慢地讀報，讀報是老錢給吉辣的功課，吉辣唸：「引狼入室，山地少年殺死洗衣店一家人……」

「爸，他怎麼這樣殘忍？」吉辣驚呼。

老錢想到了周坤隆，想到那晚灘際惡戰。

「爸！爸！」

「小孩在一旁叫你半天了。」莊麗信提醒老錢。

老錢對莊麗信微笑，轉頭看吉辣。

「爸，你怎麼了？」

「沒事，爸爸想起以前的事。」

「這個人怎麼這麼壞？」

「別太相信報紙上說的，我們要學著用自己的思考去判斷。」

老錢看著吉辣的眼神，真的神似周坤隆。

隔天吉辣到國文老師家裡學習書法，下課時同學在討論這個新聞事件，笑吉辣是山地人，「我不是……我是外省人，是山東人。」吉辣回家後很難過，「爸爸，我以後不要寫毛筆了。」

「怎麼了？」

吉辣告訴老錢發生的事，難過地說：「同學，怎麼可以這樣說我？」老錢安慰吉辣。吉辣睜著一雙可愛的大眼，「爸爸，我還有件事不明白。為什麼我不姓錢？」

「你的爸……」老錢差點說溜嘴，「……媽媽是阿美族的！」

「我不喜歡當山地人。」吉辣嘟著嘴，「都被笑。」

平時對孩子和藹的老錢火了，「你怎麼可以這樣說呢！」老錢大怒，「你別忘了自己身上的血。」吼得吉辣哭了，「哭什麼？你忘了你的……」老錢硬生生地吞下「爸爸」二字。

莊信麗聽見吼聲嚇一跳，趕忙過來，「有話好好說嘛！」她安慰哭泣的吉辣，「都嚇到孩子了。」

老錢回過神進到房間，打開只有他才能開的墨綠色的軍用箱子，找出相簿端視那張蛙人的結訓合照，想到陣亡的袍澤自語：「女兒呀！不管是那個族群，子彈穿過胸膛時，流的血都是紅色的。」驀地，落下一張有折痕的照片，那張照片是當年老錢整理陣亡袍澤的遺物，在憲兵來之前，他收藏起來。老錢拾起來，看到從前，眼角閃過淚。老錢怕被他們母女看到，趕緊拭去。老錢憶起槍林彈雨下他說的那句話：「活下去，活著當個俘虜也比死了強。」老錢自語，「這些年，你不曾入過俺的夢境。不知是生？是死？」接著他幽幽一嘆，「唉！」

洗衣店凶殺案愈查愈明，各界呼喊槍下留人，思考在臺灣為何會存在壓迫的事？這件事也刺激著吉辣。一九八七年五月十五日這位年輕人被槍決了。隔日報紙社論標題「永遠回不了故鄉的山地青年」吉辣唸——

「昨日被槍決的山地青年拒絕施打麻藥，他說：『自己罪有應得，必須接受這個刑痛。』……何日才能真正地達到國內族群平等相處？何時才能真正尊重彼此？」

老錢聽著吉辣的童音，思緒掉到了那晚的周坤隆。老錢低語，「這不是他的戰爭呀！老天爺別讓子彈打中他的身子……」

「爸爸，你說什麼？」

老錢停住自語，「念完了。」老錢摸摸吉辣的頭。

吉辣點點頭。

「女兒呀！記著人人都是平等的。」

一九八七年社會上同時進行著「老兵回家運動」。電視新聞的主播報導：「老兵返鄉運動持續進行，目前數百老兵結集在〇〇高中志清堂齊唱〈母親，您在何方〉[5]，場面感人。」

畫面轉到現場，電視機傳來蒼桑的老兵哽咽的歌聲——

母親呀
我要問您
天涯茫茫您在何方

記者訪問一位穿著白色內衣的老兵，內衣上用紅色的墨水大大寫著「想家」。

「伯伯，你覺得這個時機點回大陸適合嗎？」記者說。

「民國三十八年，俺只不過是個小孩，踏上臺灣，俺每一時刻都在想家，俺是效忠的是中華民國，反的是中國共產黨……不是俺的母親！」老兵像個想娘的娃兒，情緒激動說：「俺想親娘啊！」其他的老兵在旁一聽都哭了。

莊季萊在線上娓娓敘說：「同時在這一年，也發生一群原住民大學生到嘉義車站前的吳鳳銅像抗議，要求拆除銅像，社會開始族群覺醒運動。老錢的人生閱歷告訴他時代的變化就要來。一九八七年十一月二日中華民國政府正式開放老兵大陸探親，老錢計畫要向他們母女說周坤隆的事兒。可惜莊麗信沒有過完那一年的冬天。」

莊季萊沉默了。

「老師！老師！」學生們在呼叫。

5 一九三一年阮玲玉主演《戀愛與義務》的插曲，由阮玲玉錄唱。

「我在線上。」心頭微微傷感的莊季萊回過神。

「莊麗信發生了什麼事？」

「十一月二日她外出買菜時，車禍身亡。」

「老天怎麼這麼不公平。沒有媽媽的日子，他們父女怎麼辦？」

「老錢消沉了半年，為了吉辣，他還是打起精神……他常說：『日子總要過下去。』父女倆相依為命。」

老錢延宕了他的計畫，他依然在寒暑假帶著吉辣回到部落探視她的阿公、阿嬤。此間，老錢與大陸家人通上信，他得知父母、大姐、二姐都過世了，家人只剩下大哥。老錢信寫好後都會交給吉辣念：

「敬愛的大哥，逾數十年未曾謀面，弟甚懷念故土，每一思及，心有悲嘆……」

大哥回的信也是由吉辣念：

「俺的身體還健康，弟弟在十二歲隻身前往臺灣，要好好保重……」

老錢流下淚，離家時的情景又浮在老錢的腦海。兩岸親人的連結一日比一日緊密，吉辣已變成娉婷的實習老師，正準備在師範學院畢業後，回部落的國小教書。吉辣念：

「有乾，您上回要俺寄上故鄉的泥土，特以包裹寄送，請弟弟珍藏。」

老錢慎重地打開那包故土一嗅。

「女兒，幫爸爸倒杯溫開水。」

「好。」

不一會兒，吉辣端來一杯水。

「謝謝。」老錢用小湯匙，挖一點，放到水杯裡，看著土溶解。老錢嗅著這杯黃澄澄的水，一口喝了。

「爸，這水……」

老錢伸手制止吉辣的言語。將含在口中的水細細地入喉。

「這是家鄉的味。」老錢地握著女兒的手柔聲說：「女兒呀！是時候了，俺得完成俺的人生事兒。」老錢眼濕了，「陪俺回老家。」

那年的暑假，吉辣陪老錢回到故鄉，回到山東。在大哥家裡，老錢攤開那張發黃的白手絹，上頭是親爹畫的村子，還有老家的位置，老錢終於回到故鄉，景物已變，人事全非，但地圖還是地圖，兩位老人家看著地圖的老家有親爹畫的圓圈，還有親爹寫的地址，不禁簌簌流淚，吉辣也哭了。大哥緩緩道出這幾十年的遭遇。

「共產黨來了，咱們的家產全充公，給咱家定了黑五類，爹娘就這樣被鬥死了。」

老錢聽後大哭不已，除了在基隆麵攤那回，年幼的老錢哭得淚水落地，這回止不住的淚又落地了，「哥，俺對不住你們。」

「有乾，這不怪你，你那時年紀小，相信你在臺灣也不好過。爹娘的過世，不是因為你參加了國民黨的部隊。」

沒有半點的責怪反而讓老錢更傷心地哭了，吉辣也哭了。

老錢想拿點錢讓大哥過上好日子。大哥拒絕了，「俺們的爹、娘，一輩子都是種地的，雖然政府收了地，我們吃了苦。平反後，土地又重新分給了咱們耕種。地上的收穫足以讓一家人得到溫飽……俺常想上有天，下有地，結結實實踏著地，俺就感覺到與爹娘在一起，這就夠了。」

吉辣想到這世間竟有這麼多不公平的事兒，人有差別嗎？人若沒有差別？為何爺爺、奶奶、大伯會有這樣的遭遇。想著想著吉辣哭了，失眠夜的思潮在黎明時稍稍平靜，吉辣在這片溫柔的大地睡著了，隨即雞啼又喚醒吉辣。

老錢告別了大哥，搭乘直飛廈門的班機。

「不去香港嗎？」

「在廈門住幾天，俺要了個心願。」

到海灘祭拜

到了廈門。老錢問當地人服務人員：「當年國共戰爭時，兩岸蛙人發生戰鬥的海灘在那兒？」

「老先生，您在金門服役過吧？」

「是的。」老錢心想這片海灘應該還被管制著。

「那海灘現在已經改為觀光區了，就在『一國兩制統一中國』的牆下，有許多臺灣來的國民黨老兵和觀光客很喜歡去那兒看看。」

「我是去祭拜我的袍澤。可以嗎？」

「可以……兩岸一家親，許多老兵們都來祭拜過了。」

「謝謝你。」

那天是晴好的清晨，老錢備妥鮮花、素果，看到那片海，對岸是小金門，「以三民主義統一中國」映到老錢的眼簾，說實在的隔了數十年，老錢也不確定是不是在這片海灘。但那晚的情境歷歷在目，登上岸參與戰鬥的弟兄，確定陣亡的有官校剛畢業的排長、兩位士官，還有若干士兵；撤退時，有些戰士是受傷，無法撤退的，其中一位是周坤隆。活著回到海龍營區的只有五位，包括老錢。

老錢默念：「坤隆，俺不知你是生？是死？俺不曾夢過你，今天來到這兒奠祭你，你若離世了，晚上就來俺的夢吧，讓俺和你的親生女兒帶著你的魂魄回部落！」轉念想到，「如果坤隆只當普通兵，現在應該在部落活得好好的。」這個念頭碰撞到老錢的心，悲傷升起，就像這片藍海一陣又一陣地拍著這黑色的沙灘，老錢心想：「是俺害了坤隆。」

吉辣將祭品放置好，點上香交給老錢，老錢雙手發抖，跪在灘上泣吼：「坤隆！坤隆！班長對不住你……」老錢雙拳抱著，緊緊捶打自己的額頭。

「爸！爸！」吉辣抱住老錢。

老錢哭了，他這趟故土之旅流下許多傷心的淚。爹的抉擇讓他離開山東到臺灣；而他的抉擇讓周坤隆離開部落到大陸。他怨嘆人生的荒謬，吉辣拿出手帕為老錢拭淚。他握著吉辣的手，吉辣的臉浮起周坤隆的神情，那正是老錢悲傷的核心，悲傷到足以把他吞噬。老錢從西裝拿出一張護貝的泛黃照片，中間還有一道折痕。

「吉辣，妳得知道這件事兒了。」

「這是媽媽。」吉辣看著照片。

「是的，她是妳的Ina。」

「折痕旁的男生是誰？」

「妳的Mama，生父——周坤隆。」

吉辣沉默了。

老錢看著大海，回顧他的懊悔，他懊悔離家、懊悔逃難、懊悔生離、懊悔死別，懊悔莊麗信沒聽到這事兒就過世了。但他在今天，在曾經是敵方的領土，在曾經沾上袍澤的血的海灘上，終於對吉辣說出他的懊悔。

吉辣滿臉的訝異、疑問與難以理解，她看著發黃的照片，年輕的周坤隆、年輕的莊麗信，還有中間的折痕。吉辣突間明白了，「難怪媽媽過世後，爸爸每年豐年祭還是會帶著她回到部落。難怪爸爸會希望他選部落的國小教書。」頓時間，她感受到汩汩的溫暖湧出，老錢與她沒有血緣，卻為了戰場受傷袍澤的承諾，信守至今，養育她成人。

「吉辣，很抱歉，現在才讓妳知道妳的身世。」老錢哽咽。
「爸，您永遠是我的爸爸。」吉辣哭了，抱著老錢說。
父女倆人在曾發生殺戮的沙灘上相擁哭泣，藍藍的天，藍藍的大海，陣陣海浪，正輕柔地撫慰這片沙灘，撫慰在戰場上失去生命的袍澤，與許許多多因為戰爭受苦的靈魂。
吉辣終於瞭解為何老錢堅持她要姓莊，而不是姓錢。

再來喝一杯

莊季萊沉默地看著電腦。一位學生說：「老師，我想起來了妳寫過一本書，吉辣是妳的筆名。」學生們的好奇從電腦傳出來。
「吉辣是我的族名。」
「吉辣……季萊，老師妳的名字的音也相近耶。」
「季萊是我的爸爸取的。」
「老師，老錢還在嗎？」一位男學生問。
「什麼老錢？」另一個女學生糾正，「你有沒有在聽？要尊稱錢爺爺。」
「還在，八十多歲了。」莊季萊笑笑說。
她與學生繼續在線上聊著這段往事……

教書若干年後，莊季萊考取公費留學。在出國前，她找了趙連長。她想透過趙連長的黨政軍關係瞭解有關她生父的事情，在一個深冬的午後，她到趙連長的府上。趙夫人為莊季萊泡了茶。

「謝謝趙媽媽。」莊季萊甜甜地笑著。

「季萊，馬上要出國留學了。」趙媽媽親切地握著莊季萊的手。

「是呀！」

「什麼時候出發呢？」

「下個月。」

「有乾真的不簡單，這麼努力地栽培妳。」

莊季萊回以微笑，看趙連長一眼，趙連長瞭解了，對趙媽媽說：「妳看看孫子們吧！」

趙媽媽會意微笑，「季萊別客氣，把這兒當成自己家。」隨後離開客廳。

「季萊，直說吧！」

「趙伯伯，我的兩位爸爸……他們到對岸去出任務時……我想多瞭解一些？」

「季萊，趙伯伯看著妳長大，我知道妳總有一天會來找我問妳這件事兒，有乾找到我的第一件事，就是要為妳的母親和妳爭取撫恤，只可惜兩岸強人過世後，政治逐漸走向和解……雙方不承認有這回事。」

「為什麼？」

「國共內戰有太多的祕密任務了。」趙連長感嘆：「唉！不管在那個時代，戰爭中受苦的永遠是老百姓，不情願地被拉進戰爭裡了。高砂義勇隊的大村暉夫……」趙連長啜一口茶，「就是妳的伯公——周村暉，他的人生如此；妳的生父阿美族的周坤隆也是如此；甚至錢有乾都是身不由己地捲入到戰爭的漩渦裡。」趙連長用衰老的聲音說：「季萊，我年歲已高，我的時代結束了，許多的祕密會隨著我進到棺材。」趙連長顫顫地說：「對不起了！」

莊季萊知道趙連長無法回答她的問題，也不願意回答她的問題了。

「老師，錢爺爺最近還好嗎？」

「錢爺爺完成了故土之旅後，回到臺灣的他立誓要在剩下的生命裡再發一點光，再發一點熱，他離開家時十二歲，得到許多老兵的幫忙，他相信老天給了他一個使命。」

莊季萊說——

錢爺爺想到他在部隊當娃娃兵時，好多老兵說：「錢有乾，你年紀最小，以後我們死了，你要帶我們的骨灰回家。」

「你們放心，反共復國會成功的。」年幼的錢爺爺堅決地回應。

老兵們笑了，摸摸他的光頭，沒再多說話了。那個年代是不許老兵們多說話的，只是錢爺爺彼時小小的腦袋，搞不清楚這些父執輩的戰士們是笑他的童言？還是笑他的夢語？但是此時的錢爺爺弄清了，他要用餘生帶著在臺灣無眷過世的老兵的骨灰回家鄉。錢爺爺說：「只要在臺灣還有無家老兵的骨灰，我就要帶他回家，直到我生命結束的那一天為止。」

「同學們，如果你們在車站、在機場看見抱著骨灰罈的爺爺們，請你們給他們鼓勵與安慰。他們的故事是這個島嶼記憶的一部分。」

「老師。」有個不曾提問的學生發言問，「我有問題？」

「好！請說。」莊季萊想起來這位學生是正打算從軍的阿美族孩子。

「您的生父——周爺爺還活著嗎？」

「我曾經問過錢爺爺，他說：『那晚，我們脫離戰場，上了水鴨子後聽見砲聲的巨響，那砲彈是朝水鴨子發射的，我們幾乎翻沉了，失去動力。原本以為共軍會繼續砲擊我們，並沒有，槍砲聲全停了，我們就在那一灣海峽沉沉浮浮，靜極了，海浪聲輕輕的，月亮出來了，溫柔地照著這片海。良久，水鴨子的動力才修復，回到部隊。』」

莊季萊繼續，「我曾經陪著爸爸到大陸的相關單位查詢，那一年並沒有解放軍與國軍交戰的紀錄。我觀察爸爸除了帶老兵回家外，也幫滯留大陸的臺籍老兵完成回家的心願，尤其是當年到大陸參戰的原住民的老兵，爸爸鼓勵他們回部落。」

莊季萊頓了頓，「爸爸老是說：『能當上海龍蛙人，絕非等閒之輩。尤其是當年他挑選蛙人——阿美族戰士kulong。』」爸爸說：「吉辣，俺一直沒夢見你的Mama，俺相信總是會有再相見的時侯，等那一天到了，一定要把酒言歡，再來喝一杯，妳得好好敬兩位爸爸一杯酒。』」

莊季萊微笑地對著線上的學生們說：「同學們，你們知道嗎？錢爺爺連高粱酒都準備好了。」

〈爸爸們〉寫作感言

老兵的故事有許多許多，從媒體而來的，從閱讀而來的，從親身接觸而來的，這點點滴滴，一字一句，我書寫成〈爸爸們〉。很榮幸地，〈爸爸們〉獲得了二〇二一年臺灣文學獎原住民華語小說入圍，入圍只拿了入圍獎狀。俟後評審老師慰勉我再接再勵。

從〈倪墨（Nima），誰的〉中的王伯、〈回老家〉的老方到〈爸爸們〉的老錢，是以我的父親這一代作為寫作主題獲獎的第三篇（也包括入圍獎），此外還有收錄在秀威資訊公司出版《一位原住民心理師的心底事》中的〈黃埔校歌〉、〈爆炸〉及〈奢望〉。

這一系列寫完後，文友告訴我，可以以〈爸爸們〉為主軸將這幾篇擴充成長篇小說……這些我都想過，但是我覺得再次修改總比不上第一次珍貴。

結案

阿道，自小有一種能力，可以脫離自己，看著自己發生的事，就像看電影一樣。

後來，阿道求診，精神科黃醫師說：「是幻覺。」給阿道下了思覺失調症的診斷。阿道一直沒有病識感，酒後大鬧社區。但是阿道沒有這段記憶，只聽說他在馬路上遊蕩，酒醉的阿道不時撲向行進中的車子，或是躺在馬路上，被警察護送就醫，黃醫師評估阿道有自傷傷人之虞，強制住進精神科急性病房。住上好幾個月，黃醫師診斷阿道有酒癮，酒癮治療好；接著要治療阿道的思覺失調症，黃醫師加重藥劑，一個月後，仍未見效用；決定ECT（Electroconvulsive therapy），電療阿道的腦部誘發痙攣。

阿道躺在病床，口中咬著咬合器。頭部、下顎、腰部與主要關節都被固定，額頭貼上貼片。

「阿道，我會以二十安培，七十五伏特的電壓，逐步增加電流及電壓，對你頭部通電。知道嗎？」

「知道。」

「護理師離開病人。」黃醫師下令。

「阿道深呼吸。」黃醫師提醒，「要通電了喔！」他按下開關。阿道兩邊的太陽穴貼片開始放電，剎時阿道感覺到有把利斧從頭頂劈下，阿道看見一道亮晃晃的閃電，接著發癲，全身痙攣。

瞬間，阿道離開身體，看著阿道上演的往事影集，片片斷斷的……

童年往事

阿道與小玉，五、六歲的小男生與小女生。成長在偏鄉，一個小小的阿美族部落裡。倆人喜歡玩扮家家酒。阿道當爸爸，小玉當媽媽。小玉有雙大大的眼眸。

「我的媽媽常常是迷迷糊糊的，她不迷糊的時候，很會做頭髮。」阿道說。

「像是這樣嗎？」小玉拿起梳子梳著她的亂髮。

「對。」

「我的爸爸是昏昏沉沉的，一到晚上，就會喝酒，酒醉了，就打媽媽。」小玉撫摸著黑青的大腿，「你不可以像我爸爸一樣打我喔。」

「我不會，因為我也不想這樣。」

「你的爸爸呢？」小玉問。

「也愛喝酒。」

「我們一起打勾勾。不可以像大人那樣子。」倆人小指互勾著，小玉說：「阿道你要對我好……我給你小禮物。」

小玉拿著一張卡片，童言說道：「這是我用心畫的，送給你了。」

阿道看著卡片上頭的畫，有五瓣白色的花瓣，中間的花蕊是橘黃色的，「好漂亮喔，是花嗎？」

「咸豐草，我爸爸喚它是恰查某。」

「謝謝！」阿道不好意思地收下，「可是我沒有禮物送妳。」

「沒關係，我喜歡分享，就像我的媽媽喜歡分享東西給爸爸，每次爸爸打她之後，對她道歉時，愛爸爸的她又開始分享。」

阿道看見路邊有咸豐草，摘了一株又一株咸豐草上的小花，「送給你。」

「謝謝你。」小玉看見阿道的褲子上沾了許多種子的勾刺。

「呵呵……咸豐草上的刺球都會勾到我的褲子。」阿道不好意思地說。

「阿道！」小玉眨眨大大的雙眼，「你要常常來看我。」小玉提醒，「不可以打我，好嗎？」

「好的。」

倆人手牽著手，信步漫走，一個是臉頰紅腫的小男孩，一個是大腿黑青的小女孩，小玉輕輕哼著〈泥娃娃〉——

……
泥娃娃
泥娃娃
一個泥娃娃
他有那鼻子
也有那嘴巴
嘴巴不說話
……

微風輕晃著路旁的咸豐草，藍天、白雲，金黃色的陽光，溫暖地照著倆人。一週後，小玉的父母搬家了，阿道再也沒見到小玉了。隨後，阿道的爸爸、媽媽一家人，後來也搬出部落，落腳在城市。

七歲的阿道窩在桌底，時間是凌晨三點。寂寥的夜晚開始騷動。阿道的家裡，一隻黑貓追逐一隻老鼠。阿道撫摸著被水皮管抽打的烏青傷痕，在昏暗的燈光下，他入迷地看著貓捉鼠。老鼠潛進沙發底下，黑貓用力地抓沙發，發出陣陣的貓吼，老鼠就是在裡面不出來。

驀地，一位頭髮凌亂的中年婦人衝進來，抓住黑貓。中年婦女是做美髮的，她從偏鄉的部落懷抱理想進到這個都市裡，看到很多人都在用藥，她也讓那隻細細的針進入自己的身體，將藥劑全部擠壓進血管。開始她覺得爽，玩久了好像也不怎麼樣。有些年輕的同行玩到後來當下線賣藥，順便賣藥給她。她會在上班時間跑到廁所去打針，看當天的心情來調整劑量。

阿道看著那個中年婦女，神情恍惚，嗓音粗聲粗語，笑聲刺耳。

一個小時前，她在左手臂綁上橡皮止血帶，右手拍著肘間內側的肘窩，拍打好久，終於讓已經下沉的血管浮起，她趕緊抓住時間，拿起注射筒，細細針頭對正血管，要注射前，又遲疑了。她放下針筒，若有所思，她重覆好幾次這個動作。最後，她似乎想通了一些事，加重藥劑，再次拿著這支針筒將針筒的柱塞推到底，她感覺血活了，心變成一片沙丘，溫暖、乾燥、明亮，埋掉心頭上的失落，驅走原本的濕黏與沉悶。

阿道看著那隻帶著神祕的針筒，中年婦女是不許阿道碰這個玩意兒的，「阿道，這個東西叫『四號』[1]，臺語叫『死好仔』！你碰了，就會死掉。」阿道感覺那隻針筒是帶血的罪惡。迷濛的中年婦女，又將藥劑填入針筒，黑暗中摸索那毛茸茸的黑貓。不一會兒，黑貓發出哀嚎，那隻針筒的藥劑全進了黑貓的身子，接著中年婦人與那隻黑貓一起倒地。阿道縮著腳，看著這一幕，夜全靜了。

突兀地開門聲趕走夜的靜謐。男主人回來了，手抓著酒瓶，一身酒味，搖搖晃晃進門。阿道抖索索地蜷縮。男主人叫富定，是阿道的爸爸，踩著醉步，被躺在地上的黑貓和中年婦女絆倒了，富定很生氣地一腳將黑貓踢向中年婦女。嘟囔漫罵後，躺在沙發沉沉昏地睡了。阿道瞇起眼看著，良久，他爬出桌底，看著躺在地上的女人……慢慢地……阿道感覺雜亂的屋子變化了，很奇特的感覺，熟悉又陌生，他看到自己坐在地板上，看著散髮的女人，看著躺地的貓，看著打呼的富定，屋子慢慢地縮小，再縮小……變扁了，再變成一幅畫。黑色的老鼠慢慢地探頭出來，嗅呀嗅地地接近黑貓，吱吱叫了兩聲，阿道清醒了，驚覺自己仍然綣縮在桌底，那兒才是他的安全之處。此後阿道的母親與阿道的溝通，只能用另一種形式溝通了。

十五歲的阿道似乎沒了這段記憶，他沒有對其他人說：「身體上的烏青為什麼會常常出現？」酒醉的爸爸，清醒的時候少，沉醉的時候多。阿道知道媽媽還在屋子，那隻黑色的老鼠也在這屋內，阿道常常與黑鼠說話，只是爸爸一出現，阿道立即噤語，黑色的老鼠會馬上爬進黑暗。阿道絕對不敢對爸爸提這件事，怕提了，爸爸又在他身子畫上黑黑青青的彩繪了。

這一天阿公突然來到阿道家。

在部落裡的阿公不曾到過阿道的家。阿道去過部落幾次，見過阿公，但老人家只會說阿美族語，喋喋不休，阿道在都市久了，一句族語也聽不懂。

阿公笑咪咪地拉著阿道的手，走到阿道家的後院。

阿道覺得奇怪，「什麼時候，這間屋子有了後院？」

阿公看到後院有芭蕉樹，他摘下芭蕉；看到有麵包樹，他摘下了麵包果；看到有地瓜，他

1 海洛英的俗稱。

挖出地瓜。

阿道很開心地看著阿公，蒼白的頭髮，滿面的皺紋，節節瘤瘤的手。阿道喜歡阿公，雖然他聽不懂族語，而阿公說得國語也是支離破碎的，「快快樂樂」，阿公說成「樂樂……快……快」，「我的孫呀！要樂樂快快。」不知怎麼了？今天的阿道卻聽得懂阿公的話語。

樂樂快快的阿公告訴阿道：「自從那件事之後，再也不快樂了。」

「什麼事呢？」

阿公幽幽道來——

原來是阿道的爸爸——富定為了一塊土地，當上白浪[2]的人頭，那位白浪是個有錢人，給他五十年的租金，那塊土地是阿公常常去的山，去打山豬的山，從此他無法進到裡面，也從那時起，富定就不曾回去部落了。阿公不明白，為什麼自小常去的山，要叫做「原住民保留地」？既然是保留地，為什麼又保留不住，可以花錢買賣？這個世界與老人家以前的世界完全不同。

以前阿公背上背包，帶把刀、竹水壺和糯米飯，就進到山裡了，阿公打趣地說：「只要有嘴，就能活在山裡面，阿美族很會吃野菜，像林投心、芒草心……都吃，甚至忘記帶鹽，也可以吃羅氏鹽膚木補充。傍晚紮營時，砍一些樹枝與芒草搭蓋遮棚，便可安過數日。」

而今在保留地，阿公看到的是大型的露營車、戶外家具、美式烤肉爐，與喝酒吵鬧的遊客。那個白浪又找族人們，在露營期間的營火晚會，圍著營火跳舞迎賓，最後由族人邀請遊客一起跳舞歡樂。

阿公說族語，阿道持續理解阿公的意思。阿公感嘆，以前常常在夜色的月光上，與他的好朋友走在山中的曲徑，仰視天空月明星稀，他們的心卻是踏實的，而今變成露營區，阿公要進去，白浪說：「你不行進去。」一到假日，卻是一車又一車的遊客喧鬧著。

阿公說：「再也找不到那個感覺了。」一轉身，阿公看到天上有隻鷹，「孫呀！老鷹看著我們土地的變化也會流淚吧！」阿公爬上後院那棵大樹，「在天上飛的自由，是奪不掉的。」等待那隻鷹帶他飛天。

「阿公，我也要去。」阿道很開心地和阿公玩了一個下午，還想繼續和阿公玩。阿公在樹上搖頭，笑笑指著後門，暗示阿道要回屋子去了。他依依不捨揮別阿公回家了。

當天晚上大伯通知：「老人家走了，躺在山溝，身旁有農藥罐。」

阿道沒告訴任何人阿公來找他玩的事兒，他不敢講，講了，他一定會挨滿身酒味的富定一頓打，富定會邊打邊罵，不准阿道反抗，不准阿道哭，直到富定情緒渲洩完後沉沉睡去，阿道才會自憐地清洗受傷的身體。然後輕聲地嘖！嘖！喚出那隻嗅呀嗅的黑色老鼠陪他作伴。

2 阿美族語的中文音譯，指漢人的意思。

精神疾患

老鼠陪阿道作伴，陪著阿道長大，只是平常時黑色的老鼠處在黑暗裡，只有阿道需要時才會出來。黑色的老鼠是阿道幼時的老鼠，沒有變化，定格在阿道小時候的模樣了。

阿道的外表、身體一日日地成長。

成年的阿道是快遞的送貨員，認識了阿珍，阿珍的控制欲很強，阿道有的，阿珍也要一份。兩人濃情蜜意了兩年，這兩年阿道對阿珍是百般呵護，阿珍要的東西愈來愈多，多到阿道受不了。而阿珍也受不了阿道愈來愈怪異的靈異體質。

有回深夜，「嘖！嘖！快出來。」阿道說。

「你在幹嘛？」昏暗中，阿珍好奇地問。

「我在叫兒時的朋友。」

阿珍定睛，房間什麼也沒有，「哼！」不屑地轉身睡去。這樣子的靈異事件愈來愈多，終於阿珍說：「分手吧！」

阿珍甩了阿道的溫暖，也甩了阿道無條件的給予。除了靈異事件外，還有一件讓阿珍分手的原因是，阿道跟阿珍交往的前題是「不公開」，但後來還是被太多人知道「阿珍有一位阿美族的男朋友」。阿珍生氣了，阿道不知道到底怎麼一回事？因為阿珍不願意再與阿道說話。

三個月過了，阿道低姿態祈求阿珍，「原諒我好嗎？」阿道搞不清楚要阿珍原諒他什麼？他希望能像阿公，有一隻可以帶著他飛的鷹，可是阿道沒有。這冷冷的三個月是冰冷的冬季。

阿道內心浮現——

「為什麼阿珍要思考那麼久？」

「要用什麼方法挽回阿珍呢？」

阿道想起阿公最後一次找他，他們爺倆玩得很開心，阿道的人生只有那次是開心的，是單純的開心。而今的他的心情降到谷底，入冬的雨通常是細細綿綿的，這回卻是暴烈的雨，點點打在地上，瘋狂地跳躍。

「阿道，我們不適合！」阿珍這句話的潛臺詞是「你一個阿美族，再怎麼樣？都是個送貨員，可以滿足我心理所要的嗎？」

冷風一吹，分不清是風乘雨，還是雨乘風。

「一定要這樣嗎？」阿道無力問。

「分手吧！對你我都好。」阿珍語氣堅決。

阿珍舉著傘，她不願意讓阿道進到她的傘下，而這支傘還是阿道買給她的。阿道生起冷冷的感覺，比寒雨還要入骨，狂亂的雨打在的身上。

「不要這樣，告訴我，我一定改。好嗎？」阿道淚眼濕濛地說。

「哼！」

阿珍的臉浮現厭惡。阿道的臉露出悲傷。馬路上的車輛來來往往，濺起水花，路上沒有行人，遠處的騎樓有人觀望。阿道浮出苦澀的神情，習慣性地撩起頭髮，就像是在春天的晨陽裡，阿道總愛迎著晨風撩髮，給阿珍溫暖的陽光笑臉。只是這回撩著濕淋淋的頭髮，冷風似在狂笑，澈底地冰凍阿道。天際閃過雷，俄頃，轟隆轟隆的雷聲響起，再慢慢消逝。阿道的靈魂受了重傷，一把箭插在心頭，箭鏃被心吞沒，血溢流出來，剛開始時，只要微微地動一下箭翎，那股疼就會吞掉阿道。可是這一回阿道的痛感慢慢淡了，似乎痛越過極點，就會開始麻痺。冷冷的風雨，正在緩緩消逝，陰沉的世界轉為白花花的世界，阿道想回到貨車，他感覺自己的身子在飄動。遠處數個身影飛奔過來，接住阿道失去意識冰涼的身軀，那群人議論著──

「他的額頭好燙。」

「發燒了。」

「這個查某真狠，轉頭就走。」

阿道濕濕的眼角閃過阿珍的轉身離去，四週的聲音卻在遠方。恍惚間，他瞧見救護車駛進白花花的世界，那隻黑色的老鼠也嗅呀嗅地跑進白色世界。

阿道生了一場病，痊癒後，他感到身心經過一番洗滌。阿道站在冬陽下，金黃的陽光暖了他一身，阿道決定不再讓阿珍折磨自己，不再讓幻覺與幻象來欺騙自己。阿道繼續做他的送貨員。

離開阿道的阿珍找到小玉。小玉是阿珍小時的玩伴，小玉全家從部落搬到都市，與阿珍家同住一個社區，他們常玩在一起，小玉的父親對小玉的母親和小玉家暴，這一家人已經習以為常，打女人的男人與被男人打的女人都習慣彼此的對待方式。小玉以為別人不知道，因為小玉被打時，總是悶哼忍著！但是阿珍早就聽說了，阿珍父母告訴阿珍，別和小玉在一起，可是阿珍總是偷偷地與小玉玩，因為小玉很愛分享，用分享來維持與阿珍的友情，用分享來掩飾祕密。每當小玉分享時，小玉的臉是綻開的紅玫瑰花，洋溢滿足的愉悅。她們在一起徹夜狂歡，阿珍都會要求小玉分享。阿珍沒有告訴小玉，她與阿道的事，只是告訴小玉，「我現在是單身。」她不希望有人知道她曾經與一位阿美族的男友交往過。

有一天，小玉說她交了男朋友——逸哲，逸哲是型男，有自然卷的長髮與帥氣的落腮鬍，還擁有足以溶化冷漠的燦爛笑容。

「我也要這種男朋友。」阿珍用祈求的口氣說。小玉滿臉笑意地答應，十一月二十五日是哲逸的生日，小玉與阿珍準備在晚上十一時給逸哲一個驚奇。

「為什麼是在十一時呢？」逸哲說。

「因為你就是在這個時候出生的呀！」小玉又說，「我要把你分享給我最好的朋友——阿珍。」

那個晚上，逸哲才真正知道三個人共枕而眠是如此地愉快。三人行，行了好久好久，直到有一天……小玉不在，屋子裡只有逸哲與阿珍，倆人恣意歡愉後，躺臥在床……

「我喜歡平平淡淡的女人，有分激情後的哀愁！」

「你是說我帶給你哀愁？」阿珍噘起嘴，「我就知道你比較喜歡小玉。」

「別誤會，你們的胴體的味各有不同。」

「什麼呀？」阿珍咯咯地笑了。

「女人的胴體是可以溝通的，費洛蒙會說話……鎖骨、乳房、腰、臀……都存在著女人味。」逸哲嗅著，吻著阿珍的每一吋肌膚，接著愛憐地撫摸阿珍，「我用力，柔軟的胴體就用力，我輕巧，柔軟的胴體也輕巧……小玉和妳的胴體都曾有過故事，有著獨特的味，而今這個故事的味，將我深深地融入其中了。」逸哲輕輕吻阿珍的唇，繼續說：「我感受到的滋潤，好似淋了雨的山巒，空氣瀰漫一股清新的味。我這樣說，妳明白嗎？」

阿珍不是很理解逸哲文覺般的話語，阿珍只知道她想獨自擁有逸哲，每回逸哲深入到阿珍的身子時，總是充盈地滿到讓阿珍無法自己，不像與阿道在一起，每一回阿珍不是無感，就是厭惡。阿珍想起阿道的同時，心中也感到訝異，暗想：「為什麼我還會憶起阿道？」

「怎麼了阿珍？」

「沒。」阿珍將頭埋在逸哲厚實的胸肌中。

「阿珍，我是世界上最快樂的亞當，亞當只有一個肋骨，而我有兩根肋骨——妳與小玉。」

「你對小玉也說過……」

「沒，妳是第一個。」

「我要你的當我的亞當，而我是你的肋骨。」

「我剛剛不是說過了嗎？妳們都是我的肋骨，我愛妳。」逸哲笑笑地接著說：「我也愛小玉。」

阿珍流淚了，她願意當逸哲的肋骨，「我要當你唯一的肋骨。」這句話阿珍放在心頭，沒說出口。逸哲看著阿珍，用手拭去她的淚珠，同時阿珍心頭吶喊：「我只要你愛我。」隨後阿珍腦子竟又出現那隻阿道說過的黑色老鼠，活靈活現地跑進她的腦子。她感到害怕，緊緊地抱著逸哲。

沒多久，阿珍正式對小玉說：「我想要獨佔逸哲。」

小玉一怔，笑笑地說：「好呀！」小玉總是樂於與阿珍分享她的所有，甚至與她有肌膚之親的伴侶，也是如此。

阿珍很開心地抱著小玉，小玉的臉由笑意轉變為漠然，天空聚集了烏雲，下起了暗沉的雨，小玉感覺到她的心被淋濕了，那顆積鬱已久的心，沒有人可以化解，但終有點點憤怒的火花自心生起。而阿珍還兀自開心笑著，「小玉妳對我真好。」小玉的「分享習慣」是自她小時養成的，她依稀記得在部落有個兒時的玩伴，名字好像叫阿……道……，她曾經與他分享過許多東西，也與他分享過她的心，兒時的分享是小玉最純真的分享，後來小玉的分享都帶有恐懼、討好與乞憐。有了這麼多年分享經驗的小玉立即轉為盈盈笑臉，是一朵正在綻放的紅玫瑰花。小玉端起阿珍的臉，「好的，但是妳給我半年的時間，我好好地與逸哲溝通。」

「要這麼久喔！」

「忍耐一下，過了這半年，妳會在逸哲的生日得到所有的一切。」

隨後小玉擁抱阿珍，緊貼臉頰，小玉的眼神閃過瞋怒，她恨阿珍，更恨逸哲。

十一月二十五日那天，阿道送最後一件包裹，揿按門鈴，「有貨品，要簽收喔。」

「是誰呀？這麼晚了。」阿道心頭蹦蹦跳，這聲音太熟了，他將帽子壓得低低的，他不想讓阿珍認出他，不想讓阿珍知道分手若干年後，他還是送貨員。

阿珍等一天了都沒有小玉與逸哲的消息，她感覺到自己又是憂鬱，又是生氣，在回憶前面，她看見過去美好快樂的絲絲縷縷正織著繭子，她把自己織進去了，在繭子裡她又織了繭子，直到聽見門鈴聲，那一瞬間全都消失了，送貨的阿道就成了阿珍情緒的出口，「這麼晚了，你不會先打電話嗎？」

「小姐，寄件人說一定要在十一時送過來。」阿道囁囁說道。

阿道要小珍簽收一份包裹，阿道只想快快離開阿珍，簽收完後，立即走人。

阿珍打開包裹後，赫然發現一張人皮面具，那是逸哲的臉，做得像是真品，她輕輕拿起，那股熟悉的觸感，阿珍想起與逸哲的點點滴滴，不禁臉紅了，為了逸哲，阿珍忍了許久的三人同行、三人同眠。阿珍將逸哲戴在臉上，照著鏡子，一張帥氣的臉，皮膚、落腮鬍的質感就像是真的一樣，鏡中人就是阿珍夜思念的人，她甘願讓逸哲進出她的身子，幽幽地說：「逸哲，你在那兒？」

發生在頹靡生活中的往事，每一樁都是駭世的行徑，裡面卻有阿珍的美麗與哀愁。阿珍腦海中的畫面轉到逸哲曾與小玉做過同樣的事兒，而她在房間內看著。三人行的世界，三人行的生活。阿珍的內心生起一股對小玉的厭惡，如同對阿道的厭惡一樣，那是怎麼一回事，阿珍也說不上來。對於阿道，阿珍是很明確的，她不喜歡原住民當她的男友。可是小玉呢？小玉是她小時的玩伴，怎麼也會像對阿道的感覺一樣？她的腦海閃過，「憑什麼小玉會比我先認識逸哲？她與阿道才是絕配呀！」

阿珍思考，「對呀，他們都是家暴目睹兒，阿道會看見靈異事件，而小玉曾被她爸給……」想著想著她笑了，「逸哲與我才是一對呀！」阿珍細細摸撫著……無意間，她看到一根風乾肋骨，她覺得不大對勁兒。又看到一張信紙，好奇地閱覽，讀畢，她倒抽一口冷空氣，四週變得黑暗，她的身體懸在深淵，阿珍緊倚著沙發椅背，牢牢地抓住扶把。阿珍愈來愈害怕，恐懼襲來，她墜落在深淵裡。阿珍尖叫，歇斯底里，莫名發狂似地跑到街上，顧不得紅燈前衝，一輛賓士車將她撞倒，刺耳的剎車聲響起，那一瞬間，逸哲的面具掉落了，阿珍手中的信紙在夜空中飄零。

阿道開車經過，停下來，想看看有沒有什麼需要幫忙的，走近一看，竟然是阿珍倒在血泊中，阿道以為眼花了，揉揉眼，再定睛，就是剛剛簽收包裹的阿珍。他趕忙打電話報警，在等待時，阿道看到自阿珍手裡飄落的信紙，紙上畫了咸豐草的小花，阿道只覺得這畫很熟悉，但是他想不起是在何時看過類似的畫。接著阿道念信的內容：

阿珍：

我很樂於和妳分享我的所有。我把逸哲的臉晾乾送給美麗的妳，作為人皮面具，也符合妳多年來的心願，他俊美的面容留給妳；而我……只要逸哲的心就好了。我相信他很樂意這麼做的，「臉給阿珍，心給小玉。」一如他在世時，可以安慰兩個女人的心。他的靈魂想到時，都會微笑的。

對了，我是樂於分享的人，逸哲常說：「我們是他的肋骨。」我摘下肋骨，一根給妳，一根給我。其餘的……化為骨灰，拋向藍藍的海，想逸哲時，看看大海吧。

小玉

阿道打了哆嗦，他想飛離這個恐懼，卻無力張開翅膀。阿道整個人癱坐在地上，阿道看見那隻黑色的老鼠嗅呀嗅地到他的身旁。路邊的人群議論紛紛，警察封鎖現場，救護車急忙送阿珍進到醫院，阿道被警察帶到派出所做筆錄。

案子調查完畢，人皮面具是真實的皮膚，研判逸哲遭到謀殺身亡，但一直找不到遺體；嫌疑人是愛分享的小玉，而她就像是在人間蒸發，不知去向。撞到阿珍的賓士車主是酒駕肇事，這些年他專門買賣原住民保留地，鼓勵原住民朋友當人頭，賺了許多的錢，他很大方，願意給當人頭地主的原住民五十年的租金。車主有錢，用錢擺平一切，他賠給阿珍天一般的價錢，他要求阿珍必須簽署保密條款，不得透露車主及賠償的金額，法官看到加害者很有誠意地與被害者和解，就懲以罰鍰，判緩刑。

一年了，阿珍在生活中抓不到真實感，一切都像在夢境，阿道、逸哲、小玉，常常是一張張讓阿珍驚恐的臉，終於她吞下一大把的藥物，要逃避這些痛苦，家人發現後，將阿珍送往醫院住進精神科急性病房。

「這是ＰＴＳＤ創傷後壓力症。」阿珍的主治黃醫師說。

「可是這件事已經結束。」阿珍的家人說。

「每個人對創傷壓力的承受度是不一樣的。」黃醫師解釋完後，阿珍的家人疑惑相覷。

而阿道仍然是送貨員。那一天阿道送完貨回公司和男同事們，三五成群一起在辦公室開小伙，喝酒聊天，平時喝的是保力達加伯朗咖啡，今天喝的是高粱酒，加上滷菜。阿道喝得渾身散發酒熱，同事們高喊酒拳拼酒，不知不覺已是深夜，喝了兩瓶高粱酒，才開好第三瓶。阿道看看腕上的手錶驚呼：「啊！快十一點了……」一雙醉眼似乎發現了什麼，他搖搖手錶，轉身拉起醉躺在沙發休息的同事的左手，看他的錶，心中又驚又疑。同事們的酒量，比不上阿道的酒量，這群走醉步的男人們轉看牆上的掛鐘，「這個時鐘……呃！十點五十……五分。」話語說得斷斷續續的。

阿道揉揉眼，似乎感覺到時間定在十點五十五分不動了，他搓搓耳提神，「我的手錶和鐘一樣，怎麼都是停在十點五十五分？」

「對！很晚了，十點五十五分。」這群醉得糊哩糊塗的男人們聽後，直嚷嚷著。

阿道醉看自己的手錶，涼意生起。除了醉躺在沙發的同事酣睡沒動外，阿道心頭莫名的一驚，也呆住了，他的時序亂了，「我怎麼感覺停在十點五十五分？」這句話一直在他的腦海打轉。而他再次看到的鐘和他的錶所停的時間是一模一樣的，他再細看連秒針停的位置都一樣。眼中看的，和腦中想的完全的一樣，「我到底處在什麼時間啊？」剎時，他像看著電影一樣，看著這群男人其中一位在對著躺在沙發的同事臉上潑些礦泉水，其他人在大笑，那笑聲很遠，沙發上的同事醉語說：「別鬧，我要睡覺。」也從遙遠的地方傳來。阿道覺得奇怪，「他們的聲音，好遠；而他們的動作……好慢，好慢。」

「睡什麼睡呀！走了。」這群男人們拿自己的包包，架起醉躺的同事。頓時日光燈閃了兩下，阿道驚懼再升級，感覺到一陣風吹來，似如陰風驅退酒熱。

「喔！鬼。」這群皮笑肉不笑的男人們戲謔著。

「是呀！一群酒鬼。哈哈！」一個紅臉的光頭同事說。

「阿道！阿道……」這群同事叫著，只是阿道的眼神看著前方，迷迷濛濛的，不知道在看這空間中的那一點。

「阿道怪怪的。」同事說。

「沒事，他就是這樣。」紅臉光頭說：「走了，真的要走了。」他提醒：「都不要開車，叫白牌。」

日光燈又閃兩下。

「阿道，你酒量最好，這一瓶就交給你，由阿美族慢……慢消滅它。」紅臉光頭將新開的高粱酒交給阿道說。

別無他話的男人們正要打開門時，日光燈再度閃兩下。

「幹！是怎樣？閃閃閃。」紅臉光頭一陣漫罵。

「走了！走了！」同事們醉言醉語地說。

阿道看到辦公室的空間開始扭曲偏斜。牆上的日曆，這一天正是十一月二十五日。他不敢按下開關。阿道的透視穿越日曆，穿越掛鐘。像是看電影一樣，看見離開他的年少小玉、注射藥劑的母親、喝下農藥的阿公。一切是如此地清晰、明確，他可以嗅到針筒裡的藥味、山溝的味，還有農藥的刺鼻味；畫面一轉，又見到阿珍，與那天晚上的那灘血、那個人皮面具，還看見她正在閱讀小玉寫給阿珍那封驚悚的信。阿道想這到底是的幻覺？還是夢境？他的驚懼不斷地飆高。阿道狂飲一口新開的高粱酒，卻沒有感覺。阿道摔破了酒瓶，淋了滿手的高粱酒。他感覺全身發冷，額頭上冒著冷汗，緊緊握著破碎酒瓶的右手正在發抖。那隻嗅呀嗅的老鼠自牆角冒出頭，慢慢地出來，牠要陪伴著阿道。

那種感受太難過了，阿道受不了，到醫院就診。那一天他在診間外候診，到他的號碼時，黃醫師突然跑到急診室，莫約半小時，警衛與照護員推著病床經過阿道面前，病床上的她，左手的紗布滲著血，人是昏迷的。

「上個月才吞藥，這個月又割腕。」推病床的照護員說。

「可不是嗎？已經是第二次了。傷口還沒結痂，又再割。」警衛說。

「這麼漂亮的小姐！」阿道聽見兩人同聲惋惜。

阿道看了一眼病床上的人，覺得好面熟。

黃醫師再回到診間，詢問阿道的狀況。他說：「有可能是思覺失調症，先開藥給你，一週後回診。」護理師很快地將批價單交給阿道，「記得去批價及領藥。」阿道離開醫院時，猛然想起那位女子就是阿珍。

阿道吃了幾天的藥，整個人昏昏沉沉的，比沒吃藥更難過，於是將藥餵馬桶，阿道笑著按沖水鈕，「輪到馬桶昏沉。」阿道的幻覺愈來愈嚴重，許多人勸他再到精神科看看，也包括光頭同事，但阿道就是不要，勸急了，阿道會說：「你後頭怎麼有那多人？」

「有什麼人？」光頭同事轉過頭，看看後方。

「有！」阿道堅定地說：「他們說，要緊緊地跟著你！」

「肖仔。」光頭同事，一臉不爽，氣得臉紅。

朋友們離開阿道。阿道以喝酒幫助他遠離那個感覺。酒真的是好朋友，可以醉眠，但是這位好朋友的量是越喝越多。多到酒都會對阿道說：「喝一杯吧！別離開我。」酒在沒喝過量時，抑制阿道的幻覺，但過量後，幻覺更活靈活現地陪著阿道，而阿道也將幻作真，最後被強制送到精神科病房。

電療之後

模糊的白色世界慢慢清晰，穿著白袍的醫師、護理師……白色的天花板映入阿道的眼簾，他攣縮地躺著，黃醫師持續通電約過三十秒後，逐漸減低電流。作完ECT，數天後，黃醫師晨間巡查。

「很多事情我都記不住了。」阿道無精打采地說：「ECT讓我的胸椎脫臼。」

「這是ECT的治療很常見的現象，我已經照會骨科。」黃醫師接著問：「阿道，還有幻覺嗎？」

「沒有了。」

終於阿道出院了，黃醫師叮嚀，「要按時回診定時服藥，我為你安排了心理諮商。」那一年，阿道真的沒有喝酒。他感覺狀況好了，不再需要吃精神科的藥劑，自己停藥，也不回診了。那一天，晴陽普照，阿道進便利商店看到米酒，真是熟悉的好友。

「阿道，我們好久沒聊了，小酌聊聊。」酒悄悄地說。

「好。」阿道心想，「一年多沒喝，再喝一點，克制得住。」

酒又天天來找阿道。那次阿道開車，遇上警察。

「警察先生，能不能再給我一次機會？」

「原住民？」警察聽到阿道的口音。

「是。」

「那一族？」

「阿美族。」阿道搖搖晃晃，「你看我沒有醉，我還能走一直線。」他斜走在馬路上的白線。

「呵呵，對！你沒醉。」警察像在看個小丑，大笑著。

「阿美族的酒量是很好滴啦！」另一個警察模仿原住民的腔調。

「來……對這個吹管吹氣。」

阿道千求萬求，警察就是不願意給他機會。阿道乾脆跪地求，「拜託！拜託！」

驀地，他感應到「猴神」上身……「我告訴你們，猴神有交代，酒後不開車……」接著猴神站起，命令警察：「無事退下。」警察被搞得哭笑不能，有許多路人旁觀，一位阿伯用臺語勸，「老大仔，警察無可能退，你要對伊們行一趟派出所。」

「不去，我決定不去。」猴神語氣堅定地怒嗆：「我是猴神，你們敢動猴神嗎？」語畢，猴神東跳西跳，「猴神要說話，你們都要聽喔！」

「猴神！」一位警察大喊，「你看！你的後面那是什麼？」

猴神轉過頭，其他的警察趁機擁上壓制猴神倒地。

「你們這些條子敢騙猴神！」

警察迅速將猴神上銬，「幹！真正皮得像猴仔！」一位警察踢了猴神的屁股，猴神被丟進警車後，退駕了。

「幹！很痛耶。」阿道摸揉屁股，被警察們強押至派出所，完成酒測，測值超標，以公共危險及妨害公務等罪將阿道移送地檢，被判繳罰金，但阿道那來的錢，只能申請勞役，掃行道樹的落葉，可是酒又天天來找他，常常醉得無法上工。最後被撤銷勞役，必須要入監服刑。

這一天上午九點是阿道要到地檢署執行處報到的日子。七點，阿道就到地檢署，在附近閒逛，心想：「反正要入監了，再喝最後一次吧！」

阿道到附近的便利超商，坐在超商內獨飲米酒，旁邊坐著一名戴墨鏡的女子，用色鉛筆在畫畫，阿道瞟上她細細的玉手，她畫得是咸豐草，邊畫邊唱——

……

他是個假娃娃

不是個真娃娃

他沒有親愛的爸爸

也沒有媽媽

……

幼時，阿道與小玉倆小無猜地玩扮家家酒的往事，又重現了。阿道隨那位女子開心地哼唱——

……

泥娃娃
泥娃娃
一個泥娃娃
我作他爸爸
我作他媽媽
永遠愛著他

那女子一驚，她將墨鏡摘下，那雙大大的眼眸直瞪阿道，阿道一驚，「像極了！」同時，便利超商的小妹高喊：「小姐，妳的拿鐵好了喔！」女子不屑地瞪阿道後，轉身結帳，走出便利商店。阿道看著那位女子的背影，也看到小時候的阿道和小玉——

「你知道我爸爸怎麼說咸豐草的嗎？」小玉說。

阿道搖搖頭。

「咸豐草的小花從不放棄靠近他的人，一旦勾上，就會緊緊地附著在那個人的身上。」

阿道一臉疑惑。

小玉繼續，「我爸爸說對我說：『小玉，那種關係，就像我和妳的媽媽一樣，我怎麼打……她就是不走，緊緊跟著我。』說完後，我爸爸叮嚀：『小玉，妳也要像媽媽一樣聽話……』」說完後，小玉低下頭。

「妳爸爸怎麼了？」

「妳不要告訴別人……」小玉抬起頭，一雙大眼閃閃爍爍，「他……緊緊地抱住我。」

阿道那時不懂小玉說的到底是怎麼一回事？但這一回，腦袋瓜滿上酒精的阿道，聽清了，也懂了。他拿著米酒亂步走向地檢署，路旁的蔓蔓荒草，「哇！咸豐草，有這麼多耶！」阿道摘下許多咸豐草的花，褲管沾上種子的勾刺。小時候的小玉出現在一旁。

「小玉，這是我給妳的小禮物，代表我的一顆心。」阿道將那束小花拿給小玉。

小玉旁邊出現那隻黑色的老鼠。

「你也來了呀！」

老鼠嗅呀嗅的。

「你和小玉要陪我作伴嗎？」

經過路人都遠遠地繞過獨自自語的阿道。

「他們都在看你。」小玉說。

「我才不理他們耶！」阿道大聲地對小玉說：「小玉，我很開心又見妳了。」

有些路人的低語傳來——

「這個人瘋了嗎？」

「他在和空氣說話？」

「自言自語……要報警嗎？」

還有些路人事不關己地掩鼻經過阿道，不願多停留一會兒。

天際飛過一隻鷹，發出長嘯，前面就是地檢署，阿道笑了；回頭看著剛剛喝米酒的便利超商，阿道也笑了。頓時阿道迷惘了，「究竟是要去那兒？」

「阿公！」阿道突然大叫，那是阿公的身影，他老人家出現了，微笑說：「孫呀！老鷹在天上飛的自由，是任何人都奪不掉的。」

阿道和阿公都笑了。

「小玉，這束小花給妳。」阿道將手上的小花送給小玉。

一陣風吹得小花飄向雜草叢。

阿道堅定地告訴自己，「我決定要去我該去的地方了。」

個案討論

一年後，黃醫師參加衛生局的自殺討論，擔任主席。

會議開始，承辦人報告：「本次會議有七十五位自殺個案，要討論是否續管或結案。請委員看會議資料第一案，○○道。建議——解除列管。」

黃醫師心一怔，「他不是阿道嗎？」黃醫師想起來，阿道出院後，回診了幾次，也和心理師談了幾次，後來就沒再回診。

「他發生什麼事了？」黃醫師問。

「○○道，燒炭自殺，留下的遺書有燒毀的痕跡……」關懷員站起來補充說明。

「怎麼一回事？」

「檢警表示，遺書掉入炭火盆……餘燼的殘字有——阿公、阿珍、小玉……吸毒……原保地……思覺失調症……我的幻覺世界是假？真？……我入獄……酒是好友……太痛苦了，結束吧……」關懷員猛然想起，「信裡有一句沒被燒到。」

「哦！寫什麼？」

「只有那隻黑色的，嗅呀嗅的老鼠是真的！自我小時到現在，牠都不曾離去。」關懷員補充說明完畢。

「請問委員是否結案？」承辦人問。

黃醫師與其他委員匆匆討論後，對麥克風喊：「結案。請討論下一案。」

承辦人畫掉○○道。正當承辦人要準備報告第二案時，黃醫師插話說：「這樣吧！剛剛與委員討論，只要原因是『自殺離世』，就逕行結案。」

「好。」承辦人語氣快速，「第二案、第四案、第十案……」承辦人說：「本次含〇〇道，共有十五位自殺離世個案。」

擔任主席的黃醫師裁示，「同意結案，逕予撤管。」他看了手錶，心想：「還有六十位待討論的關懷個案。」

病情轉好

就這樣，阿道被歸到結案的十五位伙伴裡。

困擾阿道的家暴創傷、酒癮、幻覺、妄想以及思覺失調症都消失了。

只是……阿道有些無奈。他說：「可惜呀！我再也看不到阿道的演出了。」

☙〈結案〉寫作感言

二〇二一年，完成了《親愛的6c　精神科書寫》文集與長篇小說《倒影》[3]，〈結案〉又獲獎，六月與同事創作的自殺防治海報也獲獎，看來都與自殺有關。我寫的故事，主角們的心底都還是有正向的力量，或著是在情節的安排上，舖陳正向的力量，而〈結案〉獲獎後，我再讀一遍，仍然感覺有股窒息感。

〈結案〉是鸞驚悚的一篇小說，有些情節是改編自新聞媒體、網路……的新聞事件、故事……。再加上我在臨床上聽聞到許多原住民的成癮案例，並融入原住民保留地的爭議，這篇初稿完成後，篇名原是〈駭異〉，後來改為〈我，結案了〉，最後才定名為〈結案〉。取名〈結案〉也是來自我的實務經驗，有時我會出席個案關懷會議，討論個案是否要持續關懷，還是結案。有些個案是以選擇結束自己的生命而結案的。寫〈結案〉還有另一個原因是想替類似阿道生活經驗的朋友發點聲音，讓活著的人知道他們想法。

感謝原住民文學獎評審老師們對這類題材的肯定。走筆至此，我想到文友桂春・米雅在拙著《倒影》序語寫道「人類靈魂最偉大的時刻，莫過於看見自己的脆弱，卻依舊對世界充滿希望。」親愛的讀者朋友，讀完後，深深呼吸，感受一下空氣的清涼，告訴自己「活著真好」。

---

3 《親愛的6c 精神科書寫》、《倒影》這兩本均由釀出版（秀威資訊）出版。另外《親愛的6c 精神科書寫》，入選為111年文化部「第44次中小學生讀物選介」書籍。

魚鉤

李冠廷在東部海岸釣魚，吳日昇在一旁觀看。

「當了精神科醫師，人看多了。對於人性，總有另外一個層面的看法。」吳日昇說。

李冠廷調整釣竿後說：「願聞其詳。」

吳日昇開始述說從醫這些年，面對病患，他得到的體悟，「人有許多的事情，也像魚一樣，釣者操縱著釣竿，魚鉤上勾著誘惑的魚餌，人看見誘惑，一口咬下，卻發現被勾住了，只感覺到有無形的力量在拉扯。當事情隨人浮現時，就是一尾一尾在岸上垂死掙扎的魚。」吳日昇說完後，敬邀李冠廷喝一口啤酒。

李冠廷在心靈諮商室擔任心理師，原來他在西部工作，那兒的生活步調太快了，他一直無法適應，離開家鄉許多年，他終於又回來了。他的嗜好是在海邊釣魚，但在西部工作時，想都別想，一有時間，累得只想躺在床上睡覺。今天是回來的第一個週末黃昏，他到海邊釣魚。一竿在手其樂無窮，是一件很愜意的事情。夕陽在山的一端，將天邊染成一片霞紅。李冠廷約〇〇醫院精神科的吳日昇醫師，吳日昇未帶釣具，只坐在一旁看他垂釣。李冠廷與吳日昇，兩人在高中就是無話不談的好友，這些年鮮少見面，有說不完的話。

「日昇，我記得你以前也愛釣魚的。」李冠廷說。

「沒錯，後來我想到一些事情，就不釣了。」吳日昇笑笑說。

「你想到了什麼事？」李冠廷充滿著好奇。

「你釣魚的目的是什麼？應該不是為了吃魚吧！」吳日昇反問李冠廷。

「不是啦，只是享受那分悠閒，吃魚向市場的魚販買，還幫你殺好魚、去鱗，方便多了。」

「這就對了，釣魚只是要滿足人的私欲。從魚的角度來看，魚兒上勾就不是那麼有趣的事情了。」

「這怎麼說呢？」

「想看看，當魚吃到魚餌，被魚鉤勾到那一剎那，充滿著害怕與疼痛，尤其在水中能見度低，魚根本就看不見魚線，莫名其妙地被拉扯，只會對無形的力量感到恐懼。人從事釣魚這個活動，其實是很殘忍的，可以說是將快樂建築在魚的身上。從此，我不再釣魚了。」

李冠廷打開一罐啤酒給他，「你這是悟道了嘛！」李冠廷拿起啤酒罐，喝了一口。

此時天色完全暗了下來，只見夜空星垂，浪花拍岸，李冠廷沉默了。

「你在想什麼？」吳日昇看著李冠廷。

「我正在思考你這些話的意涵。魚的命運……」李冠廷徐徐回答。

「命運會使我們與某些人相遇，就像我當精神科醫師，或是像你當心理師。早晚會碰上酒鬼、毒癮者、犯法者……許許多多奇奇怪怪的人。」

「你說的是你的工作嗎？」

「呵呵。」吳日昇喝一口啤酒，「命運，有時會將自己與一些人綁在一起。」

「那些人？」

「那些會讓你不知不覺愛上或同情的人，有時像吃了魚鉤上的魚餌，就被勾住了。」吳日昇接著說：「我說一個魚鉤的故事，你就會體會我的心情了。

「好！在說故事之前，我今晚放魚兒一條生路，我收一下。然後我們去海邊的那一家燒烤店，喝兩杯，好好聊一聊。」

魚鉤的故事就在杯恍交錯中開始了……

一

周富是一位企業公司的老闆，年輕時忙著拼事業，創造了富成公司，專門裝設監視器。直到四十五歲才取了年輕貌美的筱涒，筱涒是工作上得力的助手，結婚二年多來，一直生不出孩子，檢查的結果筱涒是先天性子宮頸狹窄，醫生做幾次治療也不見效果。周富口裡不說，但心理一直想要有個孩子。

「周富！周富！」筱涒喚醒了清晨來回來的周富，周富揉揉眼。

「你昨天晚上去那兒？一整晚都沒回來。」筱涒關切地問。

周富打個哈欠，「昨天晚上在海邊釣魚遇到林桑，聊著聊著就去他家裡，喝了一整晚的酒。現在幾點了？」

「十二點多了，年紀大了，不要整晚地喝酒，小心肝啊！」筱涒關切地說。

「我……都五十多了，別這樣叫……怪不好意思的。」

「我是說小心你的肝。」筱涒臉上堆滿盈盈笑意。

「有吃的嗎？我要去大光國小一趟，今天下午有個招標的案子。妳通知大晟叫他在公司等我，我得要和他討論一下。」周富起床穿上襯衫。

聽到大晟的名子，筱涒心中微微一怔。

「飯菜快好了。」筱涒說完後，直奔廚房。

周富看著筱涒的背影，今天她穿著紫色細肩的連裝衣裙，雪白的肌膚加上細絲，有著無限風情，筱涒的腿十分修長，從小腿肚到足部、腳指頭，美麗的曲線十分誘人，增加了性感。只可惜筱涒不孕，周富自小雙親早逝，他渴望有自己的小孩，才算是一個完整的家。這對周富而言是個遺憾，縱使另一半再貌美，可是過了十年、二十年、三十年……那又如何呢？周富聽見筱涒在廚房忙碌的聲音，正在準備吃的。周富來到飯廳，吃了兩口，就離開了。

看著周富離開家門，聽見他進到車庫，發動車子，緩緩地駛離，車庫的鐵門又慢慢地降下來。筱涒幽幽地歎了一口氣，筱涒成長在單親家庭中，由媽媽帶大，從小就幫著媽媽工作，媽媽在賣臭豆腐，她在一旁洗碗。媽媽自她打小就告訴她錢的重要性，還有女人必須要自立自強，媽媽總說：「妳別想靠男人，只有錢才是靠得住的。」高中時，筱涒長得亭亭玉立的，讀的是護校，白天上課，放學後忙著打工。護校畢業後，考取了二專。畢業後，學非所用，被介紹到富成公司當會計。也許是想擺脫貧窮的生活，也許是有戀父的情結，當周富看上了她，她一口就答應嫁給了大她二十多歲的周富。周富也認為取一個涉世未深的女孩，比較好管，於是兩人就結為夫妻了。

平心而論，周富是個標準的男主人，是個工作狂，平日除了公司就是家裡，偶爾去朋友家中串串門子，喝上兩杯，再不然就是到海邊釣魚。也不上酒家，搞些男女關係，只是筱涒總是覺得少了點什麼。有一回，新婚沒多久，筱涒陪著周富晚上在海灘上垂釣。圓月在夜空中，月光灑落海灘，風平浪靜，周富喝著啤酒，只注意著海面的油亮的綠光浮標，竟將筱涒晾在一旁不理不采。筱涒壓抑著自己，戰戰兢兢地伴著周富。深夜海風吹著，筱涒不知不覺睡著了。

周富把她搖醒竟說：「妳覺得無聊，就先回去吧！」他還打了電話給他的助理劉大晟，請他開車送筱涒回家。

那夜筱涒躺在床上，輾轉難眠，直問自己為什麼要嫁給周富？

天亮，周富回來，「收獲不錯，釣到了鬼頭刀。我先睡了，等我睡飽了，我再處理。」周富洗完了澡倒床就睡。筱涒看著水桶裡的鬼頭刀，體型延長，側扁，前部高大，向後漸變細。

魚頭額部有塊隆起的骨，身體呈綠褐色，腹部銀白色，帶上淡黃色澤。不知為什麼她突然感覺鬼頭刀很醜！她也不喜歡鬼頭刀的魚名，幽幽感歎日復一日的生活，「這個鬼生活，真的是我要的嗎？」

筱涒不能生孕，給她重大的打擊。她知道周富心中對此一直有芥蒂。但在生意上，筱涒已經是一個得力的助手。雖然周富喜歡主控一切，生意上有些策略，還是會聽聽她的意見。女人的敏感度使筱涒覺得周富會與她漸行漸遠，他一定會想再找其她的女人，替他生孩子。筱涒想像的危機感逐漸擴大。媽媽灌輸她：「妳別想靠男人。」她開始要為自己打算了，「只有錢才是靠得住的。」這句話慢慢發酵了。

劉大晟是她的第一步棋。

二

電視T臺的氣象新聞主播語氣緊張地播報著：「目前東部地區雖然風平浪靜，可是明天天氣就要轉變了，中度颱風拉奇預計在明天下午從東部進入到臺灣……」

「我明天要去高雄。」周富突然說。

「颱風來，你還要去嗎？」筱涒擔心著。

「臺灣的氣象新聞參考就可以了，明天天氣一定還可以，甚至會出太陽。」

「還是小心一點好。」周富語氣不屑。

「妳別擔心，明天一定停班停課，我會叫大晟將外面的器材搬進房子裡，到時妳就到公司去幫忙好了。」周富按著遙控器轉到其他的新聞臺，新聞都在報導：「明日停班停課的縣市有宜蘭、花蓮、臺東……」

「妳看吧！明天我們縣市停止上班上課。」周富得意地笑著。

拉奇颱風尚未帶來一滴的雨水，卻讓這城市吹起了焚風，路上的行人的臉紅通通的。筱涒與劉大晟有說有笑地將屋外的東西搬進屋內。劉大晟三十多歲了，是周富的工作夥伴，平日酷愛長跑，渾身是勁，穿著一件短袖背心，汗水流在碩實的肌肉上。負責裝設監視器，為人風趣，與周富是完全不同的性格。

筱涒穿著細肩連身的套裙，焚風吹來，帶來了燥熱。筱涒進到儲藏室內，爬上梯子，調整架上的貨物，重心不穩，搖搖晃晃的。

劉大晟趕忙進到屋內，「大嫂，我來吧！」扶住梯子說。

「你幫我扶著，我馬上就好了。」筱涒說。

劉大晟將梯子扶穩了，他抬頭一望，看見那雙雪白的大腿。筱涒明知劉大晟偷窺，卻有意無意的微微張腿，裙底的春色風光，劉大晟盡入眼簾，配合著焚風狠狠地燒到劉大晟慾火。而筱涒又使勁兒地添加木材，火燒得更旺。劉大晟像是脫韁的馬，拼命地直衝，全然不顧焚風之後的風雨。

他上了老闆娘，像是路跑比賽終點衝刺前的喘息，倆人終竟到達高潮！天空暗了，烏雲密佈，接著是傾盆大雨。男人是會為自己找理由的動物，劉大晟在嚐過筱涒的身體後，原先周富對他的好，劉大晟全忘了。他只想到自己這些年來為周富拼命地工作，周富的主控性強，劉大晟只能像一條忠心的狗一樣。那一年周富的生意剛起來，劉大晟科大剛畢業，到了富成公司。周富打趣著說：「我的公司叫做富成，就是財富加上成功。再加上你的『晟』，日加上成，那變成日日有成功，天天有財富。」周富拍著他的肩膀豪氣地說：「大晟，咱們好好幹！在後山，打下一片江山。」周富、劉大晟兩人埋頭苦幹，公家機關、學校、私人公司，只要有監視器的地方，幾乎都是富成的。

自劉大晟上筱涒之後，周富對他指導，那怕是輕聲細語，劉大晟都覺得是在大聲斥責，常說：「若非在這兒後山，不容易找到工作，真的想辭職不幹了。」但一轉念，「為了上老闆娘，只能繼續在周富這兒幹。」懟上周富種種不平的事蹟，玩他的女人，是最大的報復。但在筱涒的眼中，「性」是一只用魚餌包住的魚鉤，劉大晟卻將魚餌連著魚鉤一口咬食住了，歡天喜地地恣意燒著他的情慾，嚐著筱涒的身體。

三

颱風引進旺盛的西南氣流。不斷地下大雨。出差的周富從高雄回來了。火車上約有十來位乘客。周富睡了一覺，醒來時發現旁邊有一個乘客。周富心裡頭有點不高興，那麼多空位，為什麼非得坐在我旁邊。

周富細觀是一位長髮飄飄的女子，有著端正的五官，正在看著書。周富心想如何才能與她搭上話。周富坐在窗子旁，想上廁所，「小姐，借過一下。」那女子轉過頭來，對周富淺淺的微笑。明眸皓齒。周富被吸引住了。回座後，周富與她天南西北的聊著，大多數的時候是周富在講，那女子只是靜靜地聽著。以往周富搭著自強號從高雄回來，老是抱怨太慢了，直說政府只會顧選票，從來不顧後山的人，如果有誠意就做一條東西向的高速鐵路。今天卻想如果自強號的速度像是普快車就好了。車到站，雨勢稍停。劉大晟早就開著車到了火車站。心中忐忑不安地站在出口。

「等一下有人會來接我，有人接妳嗎？」周富告訴女子說。

「我坐計程車，到○○醫院那附近。」

「我送妳過去好了，剛好順路。」

「那就謝謝你了。」女子綻放微笑說。

「不客氣。」

下車的人不多，劉大晟看見周富，對他揮揮手。

「妳瞧揮手的那位，就是來接我的。」周富對女子說。

「很年輕嘛！」女子說。

「三十多歲了，還沒結婚。」周富接著說。

劉大晟看見周富邊走邊說話，就跑過去幫周富提行李。周富很不高興，心裡頭直罵：「看見人，也不打招呼。」

劉大晟見到周富板著面孔，心裡七上八下地說：「大哥，辛苦了。車子就停在前面。」劉大晟趕忙地跑到車子那兒，將行李放到後車箱。周富打開後車門，「請！」對著女子說。

那女子帶著微笑，欠身進入後座，直接往駕駛座後方的位置坐好了。劉大晟看看四週與車內並沒有人，他覺得周富戴上綠帽子後，人變客氣了，「大哥，你是請我坐後座，要親自開車嗎？」

周富皺著眉頭，「你最近是做了什麼？昏頭了嗎？」滿臉不悅，逕自進入車內。

劉大晟聽了這話，腿快軟了一半，在原地站了半天，心想：「完了，他發現我與筱涒的事情了。」

「你發什麼呆啊！開車啊！」周富搖下車窗怒罵。

劉大晟臉色蒼白，進入駕駛座，冒著冷汗，發動車子後，緊緊地握住方向盤。劉大晟錯把油門當作剎車，車子突然向前猛衝，劉大晟緊急剎車，周富的頭撞到了前方的椅背。

「大晟，你在幹什麼啊！怎麼心神不寧的？」周富大罵。

「大哥，對不起！」劉大晟趕忙說。

「我看你的魂被拉奇颱風給拉走了。」周富生氣說。周富怕那女子受到驚嚇，轉身溫柔地說：「妳還好嗎？」

劉大晟心頭一驚心想：「大哥，怎麼搞的，前一刻罵我，現在又在安慰我，說話語調從來沒這麼溫柔過啊！」

於是與那位看不見的女子同時間說：「沒事！」

「開車。」周富白了劉大晟一眼。

「請問妳怎麼稱呼呢？」周富對女子說。

劉大晟納悶回答：「大晟啊！」他心想：「莫非那一撞，把周富給撞昏了。」

「誰問你啊！」周富的這股氣一上來，周富說：「大晟，不是我說你，你看見人也不打招呼，我與朋友講話，你又在插嘴。」

「你見鬼了嗎？明明就只有你一個人呀！」劉大晟心想。

「抱歉啊！他叫劉大晟，今天不知道那根筋不對了。」周富笑著對女子說。

劉大晟一看照後鏡，周富坐在右後方，周富的頭轉向左方，對著空無一人座位說話。

周富對劉大晟說：「人家小姐不計較，還說你可愛。」周富接著說：「大晟！我給你介紹一下——陳敏，我剛剛在火車上認識的一位朋友。」

劉大晟已經是一頭霧水了，下巴彷彿掉了下來，嘴巴張得大大的。好不容易才擠出來：「妳……妳……妳好啊！」

「你是看到漂亮的小姐話就說不出來了，呵呵！」周富笑著。

「是！是！」劉大晟苦笑，「嘿！嘿！」從頭到尾周富在自言自語，有時大笑，有時低語。車到了○○醫院，周富又開車門，又揮揮手，一切就像是在演戲。

把周富送回去之後，劉大晟被周富搞得像洗三溫暖一樣，原本以為周富發現他與筱涓之間的事，嚇出一身冷汗，但周富的表情好像真的有那麼一位朋友，劉大晟心想：「叫什麼來著？」左想右想……「陳敏。對了！她就是叫做陳敏。」農曆七月快來了，難不成是先溜入陽間的鬼。劉大晟轉念又想到與筱涓的溫存，唇上彷彿還留著筱涓暖暖的吻，腦海中的畫面是筱涓的風情萬種。偷情的歡愉與恐懼交織成一張無邊網，劉大晟墜落下去。夜，無盡漫長，夜又下起雨來了。

四

周富與陳敏之間的關係愈來愈密切。感情正快速的滋長中，陳敏依然話不多，是最佳的聽眾，周富仍舊一直不斷地說自己的故事、想法。現在只要是離開這個城市，到其他鄉村公所、學校裝設監視器或是維修監視器，大部分都是由周富出馬，他會帶著陳敏一路飽覽山海一色的風景。今天工作之餘，太陽西落，周富同陳敏到海邊，一坐就坐到晚上。

夜晚，恰遇到海釣的釣友——林桑。林桑嚼著檳榔自語，「奇怪，那不是富仔，碎碎念什麼東西啊！」

「富仔！真久沒看見你了，在忙什麼？」林桑走近問。

周富一看是林桑，趕忙站起來，輕聲對陳敏說：「你上車好了。」林桑愈看愈奇怪，使勁地嚼著檳榔，向路旁吐了一口檳榔汁，「奇怪囉，你是在跟誰說話。」

「沒什麼事啦，一位朋友啦，你慢慢釣魚，我先走了。」

林桑看著周富，他慌忙地開車，透過擋風玻璃，在路燈光照下，周富在自言自語。「著病！」林桑將口中的檳榔汁，大力地吐在地上。這幾個月來，周富與筱涒分房在睡。有一回筱涒，深夜睡不著覺，聽到周富的房間有人說話，她走近房門聽，周富在喃喃自語。筱涒知道周富的狀況愈來愈糟了。

五

性的慾火不斷地驅使劉大晟在筱涒身上尋求慰藉。那團火在筱涒與劉大晟之間狠狠地燒著，一陣呻吟後，劉大晟趴在筱涒身上。當劉大晟知道筱涒不孕，每一次都毫不客氣地將激情渲洩在筱涒的身體內，強灌進筱涒毫無生機的子宮，讓他的生命之源放肆地前奔。不知過了多久。公務手機的鈴響了。

「看看是不是老闆在找你？」滿身香汗的筱涒說。

「喂！富成公司你好。」劉大晟轉過身來，接起手機。
「劉工程師嗎？」
「是的……林校長您好！」
「你們老闆剛剛來我們這裡裝監視器，我和他說要裝50mm，結果周老闆裝成30mm，你們是在搞什麼鬼啊！」
「抱歉啊，林校長，我馬上去處理。」
「對了，周老闆的精神狀況不是很好，一直在自言自語，我想你應該要提醒他家人注意一下了，帶他去看個病吧！」
「好！好！好！」劉大晟切掉手機，「我又要去幫老闆擦屁股了。」
「怎麼了？」筱涒躺在他的懷中。
「他把大光國小的監視器裝錯了，校長要求重裝。」
「那你還不快去處理。」
劉大晟緊抱筱涒，「我捨不得離開妳啊！」接著就在她的雙乳中猛親。
筱涒笑罵：「工作要作。」一把將他推開，劉大晟又強行摟回筱涒，恣意地狎弄著的胸乳。
「快走啦，他可能會回來，我要整理一下。」筱涒掙脫了劉大晟。
劉大晟邊穿衣服邊講周富最近的情形，提醒筱涒，「你最近找個時間帶他去給醫師看一下，不然早晚會出問題。」

劉大晟開著工程車離開了。

六

筱涒到黃昏市場買菜，到林桑的魚攤說：「林桑，我要買生魚片？」

「老闆娘妳好，是要買旗魚？還是鮭魚？」

「綜合的。」

林桑將魚從冰箱裡取出，用銳利的魚刀，細細地將魚肉切得方方正正的，再將它放在盒子裡白蘿蔔絲上面排列整齊。

「老闆娘，我跟妳講喔，最近妳的頭家怪怪的呢！」

「你們不是經常釣魚嗎？是發生什麼事情了？」

「他很久沒有找我釣魚了。」

林桑壓低嗓子，「昨暝，我去海邊釣魚，他一個人在那兒碎碎唸半天，親像跟人講話，不過身邊沒人啊！」接著又說：「我看最好是去拜一下，若是遇到壞東西，就不好了。」

「謝謝，我會注意的啦。」筱涒付錢給林桑。

今天的晚餐，筱涒作了周富愛吃的菜，還有向林桑買的生魚片。在飯桌上，沉默是唯一的語言，他倆自個兒吃自個兒的。

「這生魚片是那一家的？」周富突然問。

「林桑的。」筱涒接著說：「林桑說他昨天晚上去釣魚時，看見你在海邊坐著。你最近是不是有什麼心事？」

周富挾起一片生魚片與白蘿蔔絲，「沒有。」周富先將生魚片與白蘿蔔絲沾芥茉，再沾醬油，「林桑向你說了什麼？」

「他說你一個人在海邊自言自語的。」

芥茉沾得太多了，周富吃入口時，嗆得眼淚都流出來了，邊咳邊說：「他胡說些什麼？」

「周富，我帶你去醫院看一下醫師，好不好？」

周富氣得將碗重重地放在桌上，「要看，你自己去看。我沒病，我去看什麼？」

轉身調頭就走，留下筱涒一人。

晚上周富沒出門，最近周富老是頭痛，今晚又痛了。太陽穴兩邊隨著心臟跳動著，每跳一下，頭就痛一次。周富懷疑是生魚片的問題，心想：「林桑要害我。」一陣接著一陣的疼痛，打擊著周富。他趕忙跑到廚房問筱涒：「生魚片呢？」

「放到冰箱了。你怎麼了？」

「林桑的生魚片有毒。」周富手揉著太陽穴，他打開冰箱時，太陽穴快速的跳動，痛得周富蹲下去了。

「周富你怎麼了？」筱涒大叫。

周富只感覺到自己的頭像是火在悶燒的鍋爐，鍋爐的空氣不斷地膨脹，鍋爐裡的壓力也就愈大，溫度一直昇高，壓力不斷增加，終於爆炸了。整個頭熊熊地燃燒著，恍惚間，周富聽見救護車刺耳的警報。周富看見紅燈閃過，也依稀看見陳敏關切的神情。醒來時，周富躺在在醫院急診室的病床上。周富看見筱涒頭坐在椅上趴在床沿上睡著了，搖了一搖筱涒。

「你醒了喔！」筱涒揉揉惺忪的眼。

「發生什麼事了？」周富氣若游絲地說。

「昨天晚上，你頭痛痛到昏了過去。」

「喔！」

「現在幾點了？」

「十點多了。」

「我睡了十二個小時了。」

「是啊！等一下醫生要問診。」筱涒手握著周富溫柔地說：「周富，你生病了，等一下我們去看醫生好嗎？」

周富感到身體衰弱，「好吧！」歎了一口氣，「唉！」

周富與筱涒一同進了診療間——精神科的門診。

張健文看著X光片，「看看這個片子……」慢條思理地說：「腦部是沒有什麼病變，頭會痛嗎？」

周富指著頭太陽穴的部位，「這裡經常會跳動，痛得厲害。」

「以前有過嗎？」

「沒有，這半年才發生的。」

「可不可以告訴我，你最近發生了什麼事？」張健文微微笑。

周富玩弄著他的手指頭，低頭不語。

「你一直在玩手指頭，是不是讓你想到了什麼？」

「我不知道要怎麼講。」周富抬頭看一下筱涒。

「妳先出去一下好了。」張健文對筱涒說。

莫約四十分鐘後，護士小姐，打開門請筱涒進去，張健文請周富出去，他要單獨地與筱涒討論周富的病情。

「妳先生的狀況，我懷疑是思覺失調症，這半年來他的生活有沒有一些異狀？」

「這些日子，他經常自言自語，晚上睡不著覺，就跑到外面遊蕩。」

「嗯！妳們有同房嗎？」

「已分房半年了。」筱涒紅著臉說：「都沒有房事。」

「什麼原因造成的呢？」

「自從他知道我有不孕症之後，我們就很少，很少有親密行為……」

「我瞭解了。」張健文點點頭。

「醫師，他是見到了什麼？」

張健文對筱涒解釋思覺失調症，「他有妄想，也有幻聽覺、幻視覺。有一部電影叫做《美麗境界》，妳有沒有看過？」

筱涒搖搖頭。

「這部電影的主角——奈許是思覺失調症的病人。奈許會看見大家都看不見的情報人員與不存在的室友、小女孩。當他正常時，他是一位具有理性思考的數學大師，但幻聽覺、幻視覺一來他又充滿了非理性的妄想，理性與妄想經常在奈許的腦中爭戰著。」張健文繼續說：「奈許很幸運，有著體諒她的太太。如果妳希望妳先生好，妳必須要用很大的耐心來鼓勵他。」

「我先開個藥，要記得提醒他按時服藥，繼續回診。」張健文叮嚀。

「謝謝！」筱涒對醫生說。

筱涒陪著周富去批價，拿藥。筱涒以她讀過護專的專業背景，知道思覺失調症必須要經過詳細檢查與心理測驗才能做出確診，這樣的看診方式是不是太快了？另外她看到葯單上寫著，此藥物能改善幻聽、幻覺，亦能改善退縮、缺乏情感或動機。但一天四次用量會不會太高了，必須連續服用五天，這些都令她心生疑問。

「奈許很幸運，有著體諒她的太太。」筱涒回想著張健文的話。

周富就沒這麼幸運了。

周富的太太——筱涒有著另外的想法。

生病後的周富在家靜養。吃了幾天的藥，覺得非常的不舒服。整天頭腦昏昏沈沈的，暈眩不已，周富沒有辦法抑制身體不自主的擺動，這幾天都是伴著安眠藥服用，醒著的時候少，睡著時候多。筱涒再度帶著周富回診。張健文醫師開了另一種藥，每天服用四次。主要是治療憂鬱症、躁鬱症等精神病症狀。一次服用50mg，一天就用了200mg，這是最高劑量，也是五天。筱涒對這樣的用藥劑量有一連串的問號。

周富沉靜了。吃藥的日子變得沉默起來了。沒有陳敏，他什麼話也不想說。

七

周富悄悄停了幾天的用藥。晚上，他走在街上散步，這是一個小城市，不到十點，車子已經是稀稀落落了。周富走向海邊，坐著沙灘上，聆聽著海浪聲。沙灘上，有幾位釣客，一隻隻彎著腰的魚竿斜拉著魚線，竿頂正亮著綠油油的燈。突然間有一位釣客魚竿頂的燈不斷地抖動，他立即拿起魚竿，趕緊地收線。另一位釣客喊著：「卡緊勒，大尾仔，放一些線，不通拉這麼緊……要注意。」釣客大喊：「小心，不要斷了。」於是釣客停一會兒，緊抓著魚竿，魚扯動著竿子，不斷地抖動，使得那燈變成了一團團的綠火。當綠火慢慢熄了，轉變成綠燈時，約客開始收竿。不收還好，一收，魚鉤上的魚又奮力抖動，那團綠火又來了，就這樣反反覆覆了好多遍，終於魚被征服了，被放進了桶子裡。

周富好奇地趨前瞧瞧，魚似乎累了，無力地擺著尾巴。不知道過了多久，周富覺得魚的眼睛在看著他，嘩嘩的浪花聲，正催眠周富的心思，將他帶入到不為人知的境界。他離開了海邊，順著他所想的引領，就像乖孩子聽著媽媽的話，緊緊地牽著媽媽的手。

清晨一點，這是這城市中唯一的ＰＵＢ，他喝了酒，震耳欲聾的鼓聲。他覺得鼓手將他的身體敲得粉碎，變成了細塵，強而有力的鼓聲推著他，衝破了屋頂，飄向天際……在天空，細塵又還原成了周富，周富手舞足蹈，看見自己的右手背，有一個斑點像是鷹，展翅在皮膚上飛著，飛入身體，又飛到了左手背上。此時，鷹變成了魚，咬著兩支勾的魚。突然間，兩隻魚鉤飛了起來，要勾入他的雙眼。嚇得他從天空中急墜下。

「先生！先生！」服務少爺搖著周富。

「我們要關門了。」

「幾點了？」周富揉揉惺忪的眼問。

「二點了，我們要休息了。」

周富想著剛剛他所見到的，越想越迷糊，好像是做了一場夢，但卻又是如此真實。回到家，筱涒睡了，周富靜靜地走到浴室，洗了澡，到了另一間臥室，獨自一人想要清醒一下。富想著這些奇怪的異象，想著、想著似乎又進入了太虛之中。周富看見彩虹穿透了他的手掌，光穿過了他的身體，他覺察到自己的情緒，感覺到興奮與奇妙的平靜。周富有足夠的現實感，確信自己沒有妄想，他深深地覺得這是某種開悟歷程的起點。而這些也不必再向張醫師說了，因為任何人都不會相信的。從那一刻起，周富定期回診拿藥，只是每一回吃完藥，他都會上廁所，藥全被周富餵了馬桶。筱涒上廁所時，看見沉在馬桶中的藥丸，心中盤算著：「魚已上勾，該收線了。」

八

周富又與陳敏見面了。同時周富對人更有警覺心了，覺得有人會害他與陳敏。他不再與林桑來往，也叮嚀筱涒以後不准再去林桑的攤位買魚。周富也防著劉大晟，他擔心劉大晟將陳敏的事情告訴筱涒。在公司與住家中，除了臥室、浴室內沒有監視器，其餘的地方室內、室外都加裝了監視器。有了陳敏的陪伴，周富更加賣力的工作，他將時間分清楚，以陳敏為主，陳敏不在，周富就守口若瓶；陳敏在，他才敢放心地將心中的話告訴陳敏。有一天晚上，周富載著陳敏在外工作了一天，他們開車到海濱公園休息聊天。周富對陳敏說：「謝謝妳這麼包容我，沒有為難地要我與筱涒分手。」

「愛不是佔有，我希望你快樂。」陳敏微笑地說。

周富為了這句話，濕紅了眼。他摟著陳敏，深深的一吻。他抱起陳敏進入箱型車後座，褪去衣服，陳敏左肩上有一個狀如玫瑰的粉紅胎記。夜晚的風光無限旖旎。周富的手機響了，手機上的號碼顯示是筱涒打來的。

「喂！」
「周富，我媽媽今晚打電話給我說他身體不舒服，我要回家照顧。」
「妳什麼時候回來呢？」周富一手撫摸陳敏的玉手，一手拿著手機。
「明天吧！對了，你要記得按時吃藥喔。」
「好，我知道了，再見。」
「今晚陪我。」周富關了手機，溫柔地抱著陳敏。陳敏含羞地點頭。
隔天中午筱珺到了周富的公司。恰遇到劉大晟，兩人的眼光不自然地交會。
「媽媽的狀況如何？怎麼不多待些日子，就回來了？」周富對筱珺說。
「我就是要說這件事，我媽病得很重，我可能要待在娘家一陣子。」說完後，筱珺將藥遞給了周富說：「這是張醫師開的藥，我不在的日子要記得吃藥。」
周富皺起眉頭，「知道了。」周富接著說：「下午我要去大光國小維修，如果趕不回來，就請大晟開車送妳去車站。」
「好，大晟等我電話。」筱珺對大晟眨了一眼。
「好，那我就等大嫂的電話。」劉大晟，他的內心暗自歡喜。
下午，劉大晟送筱珺到火車站。筱珺打一通電話給周富，告訴周富她上火車了，出門時匆匆忙忙的，她記不清是不是已經將門上鎖了，她擔心小偷進去了。叮囑周富回家檢查一下，檢查完後，要打電話給她。周富開著車，趕忙地回去了。門果然是沒上鎖，他前前後後檢查了一遍。心想：「還好，沒掉東西。」
「門我鎖好了。」他打了電話給筱涒。
「你屋內、屋外都檢查了嗎？」
「檢查過了。」
「門既然沒鎖，你還是再檢查一下監視器好了，最近小偷特別多？」
「好，我看一下監視器。」周富想想也有道理。
「對了，你要記得吃藥喔。」
周富不奈地說：「我知道了。」很不爽地掛上電話。然後很生氣地自言自語，「吃藥！吃藥！一天到晚就只知道吃藥。」
他走到監視器那裡。檢視下午攝錄的時段，看見了驚心動魄的一幕。他憤怒地開車出去。晚上，劉大晸接了電話，一聽是周富的聲音，「大晸，我突然想到明天的標案有點問題，你來我家討論一下。」說完後，就掛上電話。
劉大晸心想：「半夜了，不能明天再談嗎？難道是……」他打了電話給筱涒，筱涒電話關機。
他還是去周富家裡。在深夜裡騎著機車，到周富家的巷口熄了火，躡手躡足地潛行到他家門口，一顆心蹦蹦跳著，似乎快從口跳出來了。劉大晸輕輕地敲了門，門竟然沒鎖，一推就開。裡頭一片漆黑。

「大哥！」劉大晟輕輕喊著，劉大晟彷彿看見客廳的沙發上坐了一個人，「是你嗎？大哥。」

驀然，那人動了起來，迅速地衝到劉大晟的身邊，一棒打下，劉大晟登時昏了過去。

「叩……叩……叩……」的單調而又緩慢的撞擊聲從遙遠的地方傳來，劉大晟感覺到緩緩地被拖上樓。他被綁在一塊木板上，一階一階地碰撞，等他全然回神，發覺到身體被綁得十分紮實。劉大晟瞧拖他的人，穿著黑色風衣，罩著頭，看不清到底是誰？上了樓，進到浴室。那人將劉大晟給重重地拋擲在浴缸裡。痛得劉大晟又昏了過去。短短的幾分鐘，猶如幾個月的時間。一瞬間燈光大亮，十分刺眼，眼睛適應後。劉大晟萬分驚懼地發現這是一個很大的浴缸，他絲毫無法動彈。水嘩嘩地流著，混著劉大晟流的血，整個浴缸變成紅色的了。看著那人慢慢地將頭套摘下，恐懼由劉大晟的腳指往頭爬，臉色鐵青，牙齒不住地打顫，像是落入了冰窖。

「是……是……是你……大……大哥……」

周富正對著他微笑，劉大晟想講些話，「大哥，我……我……」可是嘴卻吐不出幾個字來。

「什麼都不要說了，我都知道了，監視器全都攝影起來了。」又接著說：「那一段我洗掉了，沒有人會知道你做了什麼事情，對你，對她以及對我都好。」

劉大晟滿臉是血，「對……不起，請你原諒我……我……我不是有意要上……」全身發抖說。

周富一怒，將裸露出銅的電線扔進浴池，劉大晟全身麻痹，用他在人世間僅存的時間，順著電線看去，插頭正插在壁上的電源插座上，登時，劉大晟感覺到他常用來進出筱涓身體的陽物鬆了，後庭也開了，糞尿流進了那池血水裡。劉大晟永遠不再亂動了。

周富微笑著。

九

在後山，海天一色的城市裡發生了兇殺案，格外引人注意。警方追查周富行蹤，在汽車旅館三〇八號房，找到周富。當警方發現他時，他正在喃喃自語說：「陳敏沒事了！這一切我都處理完了。」警方傳訊了正在釣魚的林桑，林桑穿著夾腳拖鞋，這回他不敢嚼檳榔，進入警局後問：「什麼代誌啊！我正在海邊釣魚呢！」

「周富殺人了，他說昨天有看見你。」警察說。

「怎麼會這樣！」林桑一臉驚訝。

昨天下午，林桑因為口中長了一個硬塊，到〇〇醫院看病。看診完後，林桑來到海邊釣魚，口中沒東西咬，感覺到像有蟲在爬似的，心想就吃最後一次吧！在檳榔攤買了一百元包葉子的檳榔。突然間遇到周富，東張西望在找人似的。就問周富：「周董，你在找人啊！」說完後，嚼了一顆檳榔。

「陳敏在那兒？陳敏在那兒？」周富緊緊地抓住林桑說。

「慢慢講啦！」林桑給抓痛了說：「你抓這麼緊，會痛啦！」

「我要找陳敏。」周富發狂地吼著。

「我不相識啦，你給我放開啦！」林桑掙脫他，隨意指著海邊說：「你去那兒找吧！」林桑揉一揉他的手臂，吐了一口檳榔汁：「夭壽！給我痛死了。」

林桑看著周富在一塊大石頭旁，對著空氣在講話，好像石頭上坐著人似的，還拿出手帕，向空氣擦拭。接著周富又做出扶人行走的動作，從林桑眼前走過去。自言自語地說：「我要殺了他。」

林桑心中毛毛的，「肖仔！」吐了一口檳榔汁暗罵。魚具一收，趕緊回家了。

警察傳訊了汽車旅館的工作人員。服務小姐表示：「我看到周富開著車進到旅館，一直對著旁邊的空位說：『別哭，我們先休息一下。』當時我覺得有點怪異。我問他：『你要住宿嗎？』他說：『對！兩個人。』我以為等一下會有人來。到了半夜，他出去了，我想他是要帶朋友進來，結果到交班時還沒回來。」接班的少爺說：「他是清晨五點回來的。周先生還交代別吵他，如果超過時間，再加錢。」

警方在周富家中發現所有監視器當天下午時段錄像是空白的，全被洗掉了。只有看到晚上的錄像，因為無燈光，只有依稀看見周富拿著球棒猛打劉大晟以及捆綁他、拖動他的黑影，和清晨周富離開家裡的畫面，時間與汽車旅館工作人員所說的是吻合的。致於監視器，被洗掉的內容為何，他堅決不說。原本警方以為與陳敏有關，後來發現陳敏這個人是周富思覺失調症發病時的幻覺。被洗掉的內容無法再還原，除非周富親口說出來，不然只有老天才會知道這個祕密。

周富不合作的態度被警方記上一筆。警察傳訊了筱涒，瞭解一下周富的精神狀況。筱涒將周富的病情向警方作了說明。警察傳訊了〇〇醫院的精神科醫師張健文，瞭解了周富的用藥狀況。在同一時間警方也接獲檢察官拘提張健文的通知，做完筆錄後，警察沒讓張健文離去，直接送他進地檢署。隔天警局忙翻了，一組人馬偵辦周富案；另一組由檢察官帶隊到〇〇醫院，出動五輛警車，還派憲兵支援蒐證，SNG在大門口，團團記者圍住檢察官，請檢察官說明張健文案。檢察官三緘其口。兩個案子同時發生，有很好的新聞賣點，報紙刊登：

精神科醫師A錢開高價藥品　不當醫療　病患病發殺人

【本報記者陳賢一報導】

〇〇醫院精神科主任張健文遭人檢舉，涉嫌利用職務A健保費用，並向廠商索取藥品回扣巨款，而且以醫學專業掩飾罪行，將精神病患視為賺錢工具，餵食精神病患高價藥品，手段惡劣。

富成公司老闆周富為張健文的病患，數月前看診時，張健文以高單價藥品，大量開出處方箋，要求周富每日以最高劑量服用，周富服用後，因副作用過大，而拒絕服用，造成病情加劇。昨日疑是精神病症發作，將員工劉大晟於周富家中，以先以球棒毆打，再電壓二二〇伏特之電力，活活電死劉大晟。對於周富因何故殺死劉大晟，警方並無進一步之說明，僅表示周富有嚴重的幻覺與妄想，是否因為張健文之醫療行為所造成，仍需進一步調查。

張健文與周富均遭檢方收押。

十

講到這裡，吳日昇默然不語。李冠廷為這個曲折的故事情節所震憾。夜裡的海邊遊人稀稀落落，增添些許淒涼。李冠廷為彼此倒上啤酒，拿起酒杯說：「口渴了，大家喝一下。」吳日昇與李冠廷一口乾了。李冠廷繼續倒酒。

吳日昇說：「法院在審理的過程中，檢方與律師對於周富是處於『精神障礙』爭辯了好久。按照現行刑法上的定義，行為時因精神障礙或其他心智缺陷，致不能辨識其行為違法或欠缺依其辨識而行為之能力者，不罰。行為時因精神障礙，致其辨識行為違法或依其辨識而行為之能力，顯著減低者，得減輕其刑。」吳日昇接著說，「周富的心智並無缺陷，到底有沒有精神障礙？就是法律上的攻防了。」

李冠廷夾一支烤花枝，放到吳日昇的盤中說：「有一回我參加心理師的在職訓練，那一次是由律師對我們說明法律上精神病症的問題。對此，我認為主要有兩派的看法。」

「喔，那你說看看？」

李冠廷接著說：「第一精神症狀是不是表示已經完全喪失，要看當時的犯案行為而定，若是當事人有計畫、有條理、有組織地執行，不像是對事情喪失判斷能力，這就很難論定是『精神障礙』。另一派的看法是精神症狀已經使得當事人的意識改變，並且對自己的思想堅信不移，使得精神病症患者產生動機導致犯案行為。就像在一九九七年在美國發生的『天堂之門』事件，一群人相信有外星人的存在，當年海普彗星接近地球，這群人為了到達太空船，有計畫地進行三天的集體自殺。」

吳日昇笑說：「為你的見解敬你一杯。」兩人拿起酒杯乾了一杯。吳日昇邊吃烤花枝邊說：「你猜猜法院怎麼判這個案子？」

「我想多數的法官是採行第一個觀點。」李冠廷又說：「社會是否可以接受的程度，也會影響到法官的判決，社會上會接受看見異象的基督徒，會接受神明附身的道教乩童，鮮少能夠接受精神病患因著相信他們的思想，所做出的犯罪行為。周富應該會被判處重刑。」

「這個案子一審是判死刑，上訴改判二十年徒刑。本來還可以再少個幾年，只不過他洗掉了監視器拍攝到的影像，而且堅決不說所錄到的內容，檢方始終認為他犯案後態度不佳，請求法官加重其刑。」

李冠廷為彼此倒著酒說：「我想最高法院判決的原因，應該是認為周富是受到張健文不當的醫療行為所影響，也就是因為他下藥過猛，以致周富不願意服藥，再加上這小城市只有這一家醫院有精神科，別無看診之處，所以其情可憫，判了二十年徒刑。」李冠廷喝一杯啤酒之後說：「等等，我再拿些啤酒。」李冠廷拿了一手啤酒回來，「你怎麼對這個案子這麼熟悉？」

「哈哈，張健文就是我的主任，張醫師兼任這個城市學生輔導中心的精神科駐診醫師。錢就像是包著誘餌的魚鉤，他建立了康心之家附設在〇〇醫院之便，將住民全部變成病人，病房收容一百多位的精神症患，結果猛開藥，拿回扣。以為咬到錢，用力咬住才發現不止一支魚鉤在釣著他。就這樣，他被判了三十年的有期徒刑。」

「周富的太太呢？」李冠廷問。

吳日昇眼光出現一抹異樣的神采說：「筱涒是個明豔絕倫的女子，長髮披肩。」吳日昇打了一個嗝，「呃！」接著說：「抱歉，我不知怎麼形容他的美麗……」

「剛剛你不是說周富的太太與劉大晟有外遇嗎？」

「男人就是這樣，看見漂亮的女子成了寡婦，自己又吃不到，就會加了許多想像，成了茶餘飯後的謠傳。添油加醋的流言，也讓這個故事多了幾分懸疑與異色，不過警方是沒有切確的證據說周富是因為發現他們有了關係才殺了劉大晟。」吳日昇歎了一口氣說：「這已經是二年前的事情了，現在筱涒也與周富離了婚。」吳日昇接著說：「好了，我們的兩手喝完了吧！門前清，我們就把剩的酒都乾了。你看老闆也快打洋了，今天這一頓，算是我請，給你接風。」

兩個人推讓爭著付錢。過了一會兒了，吳日昇拗不過李冠廷說：「這怎麼好意思，你剛回來就要你破費。」

「這是什麼話，大家都是老同學了，下一回你再請我。」

十一

李冠廷帶著酒意回到家中，翻來覆去睡不著。周富的故事在他的腦海中打轉心想：「筱涒到底是個怎樣的女子？」

這個故事的情節如果是真的，是有些疑點在裡面。尤其是監視器攝錄到的內容究竟是什麼？另外是筱涒與劉大晟偷情那一段是真是假？不過這已經是難以判斷了，劉大晟死了，周富也判了重刑，已經結案了。這些也只有筱涒才清楚。李冠廷想這恐怕是吳日昇為了要讓故事吸引人，將這些傳聞加了進來。想著，想著，李冠廷想看看筱涒究竟是何許人也？吳日昇見過吧！才會這麼稱讚她的美。李冠廷心中頓時焦慮起來，他覺察到自己心境的變化，想起在修心理學時，老師提到精神分析的老祖宗佛洛依德主張「力必多（Libido）」，認為人的本能會決定行為，這個力必多是一種驅力，如果本能的驅力得到滿足，焦慮就會解除了。

李冠廷昏昏沉沉地，覺得一團的火在心中燒，口乾舌燥，他又離開家裡，走到海邊去，他看見一位女子在海灘垂釣，穿著白色細肩的連裙套裝。突然間魚上勾了，當將魚拉起來的那一刻，魚竟然變成了吳日昇，魚鉤勾住了他的嘴。李冠廷急著大喊，卻叫不出聲來。驀地，那女子轉過身來，對他淺淺微笑，梨渦綻放。再仔細瞧瞧，吳日昇竟然又變成了另一個人，那人不是別人，正是自己，李冠廷大叫一聲，轉瞬間地轉天旋。李冠廷發現自己躺在床上，原來自己做了一場夢，醒來後頭痛欲裂，心想：「太久沒喝了，酒力已不如前了。」

這個城市有好山、好水，人在山水中過日子，生活的步調悠閒。到心靈諮商室尋求諮商協助的人，不如李冠廷的預期。還好吳日昇接續了康心之家收容精神病患的工作，以及學生心理衛生中心的外聘駐診精神科醫師，會轉介李冠廷一些個案與演講，生活到還過得去。碩士畢業工作一段時間了，他想考博士班，繼續念書，朝心理學專業方面做更進一步的發展。博班的考試除了必要的學科測驗外，還要提出曾經在發表學術刊物發表過論文，於是筱涒就成了他想要研究的對象。李冠廷想到了吳日昇應該知道她的下落，他親自到○○醫院。利用吳日昇看診時的空檔，在診療室內，兩人在交談。

「日昇，有件事想麻煩你？」

「快別這麼說，大家都是老同學了，有什麼事啊！」

「這些年來我一直想考博士班……」

「那很好啊！你的能力一定沒問題了。」

「我現在缺少學術性的paper，所以我想……」

「沒問題，我可以幫的，我一定幫，你說吧！」

「我想訪談精神病患的家屬，談談他們心路歷程。」

「這小事嘛！我這兒有許多符合你要求的研究對象。」

「不，我不是要一般的病人……」

吳日昇被李冠廷搞得糊塗了，「那你是要什麼？」

「我想要訪談周富的太太——筱涒。」

「同學，你不是開玩笑吧！」吳日昇睜大了眼。

「她生命的起伏與多樣性是研究的一個好題材，是個值得研究的生命敘事的參與者。」

「你只不過是要發表一些paper，何必要找她呢！」

「拜託，你答應我吧！事成之後，我一定好好地謝你。」李冠廷求著。

吳日昇拗不過李冠廷的請求說：「她定期會來我這看診，我先與她連絡一下，若是她願意，我再聯絡你。」

數日後吳日昇來電表示筱涒已經答應，約在一星期後，心靈諮商室見面。

十二

七月天，颱風的季節。在太平洋上一個颱風正直撲臺灣而來，原本平靜的湛藍海面，放眼望去到處都是一點一點的白色碎浪，浪湧，然後浪碎，接著又是浪湧，然後又浪碎了。颱風尚未來到，先刮起了焚風。

筱涒依約前來。她穿著粉紅色的套裝，頭髮垂肩，微捲，一張圓圓的鵝蛋臉有著一雙黑白分明的大眼，笑起來有淺淺的酒渦，未施胭脂。大概是剛剛吹了焚風，兩頰略顯暈紅。透著成熟的韻味，卻看不出歲月的痕跡。晤談室，窗几明淨。筱涒坐在李冠廷的斜對角與他成九十度角。

「妳好，請坐。」說完後，李冠廷做了自我介紹。

「聽吳醫師講，妳想找我談談做一位精神重症家屬的心路歷程？」

「是的。妳稍等一下，我幫妳到一杯……妳是要咖啡？或著是其他飲料？」

「白開水就好了。」

李冠廷端了一杯水回座後，身體微向前傾，語調柔和，「我知道妳在照顧周富這些日子是很辛苦的，而且他又發生了這麼大的案子。妳的經驗可以提供給其他人做參考，我相信這是非常有價值的。」李冠廷面對筱涒，想起那一次的夢境。在李冠廷心裡，他好奇地想解開周富整個案子的疑點。見了筱涒之後，還有另外一個隱而不顯的力量正悄悄興起，驅使李冠廷一步步的探索。

筱涒點點頭，「吳醫師跟我說了。」

接著李冠廷將晤談的時間、方式與一些規定做了說明以及問了她的基本資料與身體健康狀況。在開頭的幾次談話，筱涒訴說她的故事，李冠廷也瞭解了她成長的情形。

筱涒娓娓道來——

小時候，我對父親的印象只是依稀的記憶，父親常常鞭打母親，印象中皮帶像雨點一樣的落下，母親不哭，不叫，眼神中充滿著痛苦與恨意，任由父親的叫罵，她只是悶哼著。在她的手臂留上一條一條青紅的印子。沒多久父親就離家出走了，聽說與他的新婚妻子處得不好，後來就死了。

高中時代，家境雖貧，但我一直很努力讀書。我是班上的英文小老師，英文老師是一位快四十歲的中年人，已經成家立業。我記得那時每天中午，老師總會要我將他翻譯好的手稿打在電腦裡。我說我不會打電腦，老師說：「沒關係，妳慢慢學，打多少算多少。」接著他又說：「如果老師翻譯時，漏掉一些句子，妳的英文好，可以幫我注意一下。」老師會故意在抽屜裡留一百元要我記得去買飯吃，他說中午要我幫忙會擔誤我吃飯與休息，所以那一百元是留給我的。

我與他相處在一起，久了，我分不清與老師在一起是像父女或是師生，總之與他在一起，我有一分安定與快樂的感覺。他出差時，我會想他。我經常在辦公室外偷看他，那時我想如果能在一起該多好，這個想法一天強過一天。高二那年寒假，我要上輔導課，媽媽因著阿嬤生病要回老家照顧，那天我與老師在辦公室內，說說笑笑地趕著他的譯稿，窗外寒冷，屋內卻是溫暖的。到了九點，他送我回家。到家後，我知道師母與他的孩子到日本去旅遊。我說：「老師你可以進來陪我一下嗎？」老師猶疑了一會兒，進入我們家了。那天我們有進一步的接觸。講到這裡，筱涒啜了一口水。

「接下來發生了什麼事？」李冠廷問。

「我在他的面前裸露我的身體……我……在等他。」筱涒幽幽道來，「我們沒有性愛，我們只是親吻，相擁，探索與愛撫彼此的身體。」

「老師要我將第一次給自己最愛的人。當時我眼淚就掉下來了，我說：『老師，你還不明白我愛的人是你。』」

「那時你的感覺是什麼？」

「我很難過，心想如果不是愛你，為什麼我要獻上我的第一次給你？從那時起，老師就開始閃躲我。我還是一樣中午去老師辦公室打字，有一天我發現一百元的下面有一封信。信的大意是說稿已完成，明日不用再來。我約他放學後見面……但是他爽約了。」

「妳的心情覺得難過吧！」

「嗯！我必須要壓抑住自己的感情，好不容易高三畢業，有一天他約我，對我表白一些事情，他對過去很抱歉，因為那時我還在念書，為了我必須暫時分別，其實他是愛我的。那一天，我們在旅館發生了性關係。他說他與師母準備辦離婚，一定會取我。後來，我考上了護專要到外地讀書，只要我一回來，我們一定會聚在一起。有一天，他傳簡訊給我，約我見面，來的人卻是師母。」

筱涒低眉不語。

「師母怎麼說？」李冠廷打破沉默問。

「師母聲淚俱下，說我還年輕，還可以找得到更好的，為了孩子，這個家不能毀了。就這樣……師母留一筆錢給我，此後他們搬離了這個城市。」筱涒臉上有淡淡微笑。

「妳講到這裡，與老師被迫分手，而妳的的臉上卻有笑意，似乎有些矛盾。」

筱涒思考一會兒，「我想我拿了錢反而心情沒有不安，有種踏實的感覺。」她端起白色的磁杯啜一口水後，杯緣留下紅唇印。似乎是筱涒故意在潔白的白磁杯口緣抿上紅唇。

李冠廷瞟到那抹艷紅的唇印，隱隱升起一股感覺，喉頭覺得乾乾地，李冠廷悶咳潤喉，隨即轉看筱涒，將自己自那股感覺中抽離，解釋：「佛洛依德說人是由三種我：自我、本我與超我所結合的。本我是原始欲望的我、超我是道德上的我、自我是調節兩者的我。筱涒，妳自小父親就離開了，成長後妳希望另一伴是年紀大的，來彌補缺乏父愛的遺憾，可是妳愛上了有婦之夫，這個在道德我是不允許的，但本我又渴望交往，於是自我產生衝突，解決這個衝突的方法是要求老師與師母離婚再取妳。伴侶關係的親密感會使人退還到年幼時，讓人從中獲得早期無法滿足的經驗。一旦無法如願，焦慮就出現了。妳與老師的初戀，使原始我與道德我在爭戰，師母出現之後，自我要調解本我與超我，於是妥協了。」李冠廷心想：「筱涒剛剛講，當拿到錢的一刻，焦慮、不安消失了，錢是一種補償吧。筱涒與周富的結合也是戀父情結與金錢的結合。只是從結婚到周富殺人，這中間的轉折實在令人困惑。」

「你分析的很有意思。」

李冠廷側頭看著牆上的時鐘，「時間到了。」微微一笑回應。「該結束了。」

「這麼快，我還有許多故事呢。」

「我們下次再說。」

「我們能以擁抱做為晤談的結束嗎？」筱涒提出要求。

「是什麼原因讓妳想在結束會談前擁抱呢？」李冠廷心頭忐忑。

「沒什麼，只是謝謝你聽我講了這麼多話。」

筱涒與李冠廷相互擁抱之後，筱君離開了。李冠廷坐在會談室，不自主地撫摸自己的胸膛，「剛剛抱筱涒時，這……胸脯緊緊地貼上她柔軟的胸乳。」李冠廷嗅著上衣，還沾上筱涒的香水。他端起筱涒用過的水杯，細細地看著那股紅紅的唇印，他想到早期佛洛依德的精神治療，個案躺在診療椅，諮商師在診療椅的背後，讓案主「自由聯想」，舉凡個案的記憶、反省、自信、隱密、恐懼都可以講出來，重現過去的感情經驗，將潛意的衝突浮現，達到人格重建的目地。李冠廷走的諮商路線正是精神分析學派，現在當然不必像以前，躲在診療椅後面，不過原理還是相同的。從案主的角度來看，每一位案主到諮商師前面，都希望能從諮商師那兒得到建議、安慰滿足甚至認同，可是精神分析學派並不主張諮商師面對患者的需求時，要給予立即性的滿足，諮商師必須要節制，使得案主由不滿足中，體會出自己愛、恨的狀態。這麼一來問題就產生了，案主對諮商師會有情感上的移轉，相對地諮商師也會對案主產生情感上的移轉，老師說過：「這是反移情。」

筱涒給李冠廷的擁抱，一直在他的腦海裡，他又嗅了嗅他的襯衫，想要感受她柔軟的胸乳，似乎還黏著，他嗅到融著筱涒身體的香水味，彷彿融入他的身體了；他又端看著潔白的磁杯杯緣上她紅紅的唇印。一股慾望在他的心底流動，基於專業倫理，李冠廷告訴自己必須要節制這樣的「反移情」作用。

十三

秋颱的行進方向改變了，時序已入涼秋，筱涒穿著乳白色喀什米爾的短袖毛衣，灰色的窄裙，已經談了數次了。李冠廷只是傾聽著，冷靜地分析。

「我想我應該要聽你對我的看法，而非只是由我隨心所欲地談我的事情。」筱涒啜了一口水說。

「妳是說我沒有瞭解到妳的想法嗎？」李冠廷感覺到筱涒抗議。

「我說了這麼多，你只是冷靜地分析我，而我一點都不瞭解你。」

李冠廷覺察到筱涒出現移情作用，從諮商過程的關係中，李冠廷對筱涒的包容性會使她產生某種程度的依賴。李冠廷憶想筱涒在伴侶關係中，是渴望獲得父愛的，一旦依賴感受挫，是不是就由愛生恨了？

「周富也有不曾理過妳的情形嗎？就像現在妳認為我不理妳的情形，那時妳的感覺如何？」李冠廷說。

筱涒本能上起了抗拒，「你怎麼會提到周富的事情呢？」啜了一口茶反問。

「在諮商的過程中，案主對於重要他人像是配偶、父母……的關係，都會反映在諮商的關係中。」李冠廷解釋說。

筱涒想到了周富，想到與他相處的情形，幽幽歎了口氣。算算日子，他入監服刑也過了三年了。

「心理師，能不能不談這件事？」

「是什麼原因使妳不想談這件事？」

「我還沒準備好。」

「時間到了。」筱涒抬頭看著牆上的鐘說。

會談結束的擁抱已成為例行的動作。今天李冠廷抱著筱涒，她卻在李冠廷的肩上簌簌地流下淚來，筱涒說：「讓我靠在你的肩上哭一下。」李冠廷拍拍她的背，沒有說話，靜靜地讓筱涒啜泣，渲洩完情緒後，筱君離開諮商室。

經過了這幾次會談，李冠廷的目的似乎不在是為學術上的論文了，他想多瞭解這個女人，他想多瞭解這個女人在周富殺人案中的角色，還有吳日昇說他與劉大晟之間有染的傳聞究竟是不是真的？諮商中，案主遇到問題，猶如墜入五里霧中，靠著諮商師的帶領下，與案主一同探險找出答案。但這回的關係卻是不同的感覺，諮商幾次後，李冠廷內在的渴望愈來愈強，他希望見到筱涒，聞她的體香，感受到她的溫暖。今天筱涒在他的懷裡哭泣，淚水滴濕了他的襯衫，浸到他的胸膛，他感受到筱涒的體溫。李冠廷與筱涒似乎變成了一個男人對於一個女人的憐愛。李冠廷走到窗戶，這個城市只要一到秋天，吹起東北季風，海灘上的細沙，就會揚起，整個城市飄著沙塵，迷濛一片。李冠廷自言自語：「沙霧真大，快看不清了。」他覺察到自己正處於一個模模糊糊的地帶。他透過窗戶看見一位老先生逆風騎單車，戴著口罩，視線不佳，一個不注意，就被風沙吹倒了。

李冠廷晚間在街上閒逛，突然想去筱涒住家附近看看，偷窺的欲望在心頭中浮起。筱涒與周富離婚後，周富所有的財產都移到筱涒的名下，原先筱涒與周富住的屋子，變成兇宅，筱涒以低價脫手。她在陽明山莊買了一幢透天的別墅，保全警衛二十四小時看守。李冠廷站在陽明山莊的對面，突然見到一輛熟悉的車子，在路燈光照下，前座坐著正是筱涒，他趕忙轉頭。就在那一剎那間，他看見了開車的人正是吳日昇。車子駛進了陽明山莊。按著專業上的倫理，專業的助人者是不行發展晤談室以外的關係。難道吳日昇不懂嗎？這裡面到底透著什麼古怪的事情？一連串的問號出現在李冠廷的腦海中。

一星期後的某日下午，天空烏雲密佈，快下雨了。筱涒來到心靈諮商室。李冠廷決心要瞭解整個事情的來龍去脈。筱涒坐下來。李冠廷要筱涒放鬆，筱涒聽他的指導語，放鬆地坐著，接著她看了筱涒約十五秒，突然吼道：「睡了。」筱涒立刻頭就靠在柔軟的沙發。

「筱涒，妳現在很輕鬆的坐著，沒有任何的壓力，妳的意識可以進入到妳的潛意識，所以妳會記起每一件事情。」李冠廷緩緩引導，「妳會再經歷過一次這些事情，經歷妳的內心世界。」

筱涒閉著眼，點點頭。

「告訴我周富生病之後，妳除了帶他去醫院，妳還做了那些事情？」

筱涒開始訴說這個故事——

「周富生病後，我憑藉著護理專長知道張醫師的問診與開的藥有些問題，尤其是處方箋的藥都是用高價位的藥劑，要病人服用最高劑量。隔天周富吃了，產生強烈的副作用，於是我私下到醫院，掛精神科吳日昇醫師的門診，請教他一些用藥的問題。」

「吳醫師怎麼說？」

「原先吳醫師還語帶保留。後來他說：『這樣開藥，確實有一些不妥。』當他知道是張醫師開的之後，笑著說：『張主任這樣開藥應該是有他的用意吧！』我本能的直覺，吳醫師與張健文醫師不和。我持續帶著周富去給張健文看診，我也在吳醫師那兒看診，久了他對我開始感到興趣。開始有了交往，有一天，他約我喝咖啡，後來我們發生親密行為。」

李冠廷聽到這裡，非常訝異。天空亮過閃電，過了一會兒才隆隆作響。李冠廷保持鎮定。繼續問：「妳那時與劉大晟……又是怎麼一回事呢？」

「剛開始，我想利用劉大晟殺了周富。筱涒語調顯得有些憤慨，周富從不我當作一回事。自以為有錢就了不起嗎？整天守著錢。我是不孕，不孕又怎麼了呢？何況又不是我願意的，我為他做的還不夠嗎？

「那一天，我在他公司與劉大晟作愛，心想周富知道我和他的員工上了床，不知道是什麼表情。筱涒的臉上出現了一抹微笑。」

天空隆隆作響，卻不見閃雷及雨點，天氣變得十分詭異。

「妳找上吳日昇醫師的用意是什麼？」

這時筱涒閉著眼，「劉大晟他只想和我作愛，貪圖我的身體，他又沒有能力，無法協助我殺了周富。吳日昇則不同，他是醫生，他的出現讓我修正了我的計畫，我需要他的幫助。」臉上浮出淺淺的微笑。

「他怎麼幫妳？」

「周富的精神狀態已經很嚴重，原本我想如果反過來是周富殺劉大晟，犯了殺人罪，可能會判重刑，也可能會因精神障礙，判處輕刑，但這不是重點，重點是我都可以因配偶罹患『重大不治之精神疾病』而離婚。就在這時候我發現了○○醫院精神科張主任A錢的事情，我原本想檢舉他詐領健保費，後來吳日昇告訴我詐領健保費只是小事一樁，收回扣，將健康的人鑑定為有病，再給予強制治療的比比皆是，上億的錢流進他的口袋。如果兩案一起爆發，法官一定會調查，周富是不是因為張主任醫療的不當行為而殺人？何況周富那時因為副作用太強，每次都假意吃藥，隨後將藥吐進馬桶裡。」

李冠廷心想原來筱涒早就知道周富都將藥吐掉的事，當警察問她時，她可以說：「我以為他都按時吃藥，所以定期回診拿藥，誰知道因為副作用太強，他又暗地裡吐掉了。」如此，張健文也有責任。李冠廷問：「那時周富的狀況如何？」

「周富變得疑神疑鬼，到處裝監視器。只要有人在旁邊，他就噤聲不語。當獨自一人時，他又自言自語。那一天我在周富車上發現一張擦拭過體液的衛生紙。我知道時機已經成熟了。」

天空的烏雲，越積越多，好像就要壓到地上一樣。

「妳怎麼安排這個計畫的？」

「我藉口媽媽生病，到公司向周富說：『我必須要回去照顧媽媽。』那天下午周富有事，他要劉大晟開著車到家裡接我到車站，劉大晟按了電鈴，我打開門，劉大晟二話不說，抱住我又親又吻。我用充滿了慾望的口吻說：『強暴我！』劉大晟聽後，野性一發，在客廳將我的細肩連身套裝，凶狠地撕裂，撕開了胸罩與內褲。我像一隻無助的羔羊，任憑裸身的惡狼騎在我的身上，粗暴地抓住我的雙手，吞咬著每一塊肌膚。高潮後，劉大晟習慣地趴在我的身上。我躺著不動，我要他立刻起來穿衣服，到車上等我。他還不願意一直在笑，甚至裸身吃我豆腐。」

李冠廷感覺到心頭上像是有火在燒著，「妳不怕被監視器攝錄嗎？」他喝了一口水。

「我就是要故意錄起來的，要給周富看，那時周富已經分不清虛擬與真實了。」

「妳是要使周富以為劉大晟強暴陳敏。是嗎？」李冠廷似乎成了辦案的警察。

「對！周富有記日記的習慣，劉大晟載過他與那位幻覺的女子。在日記裡他也描述了那個女人身上的特徵……」

一陣雷閃過，接著是轟轟雷聲，蓋過了筱涒的話。天色暗了，空氣中可以聞到潮濕的雨味了。

「妳做了什麼？」

「我在把攝影機的角度調整到劉大晟強暴我的位置，劉大晟強暴我時，完全不知道已經開始攝影，我只是躺著，任憑他親咬著我的身體，他事後的淫笑，全都錄下了，果然讓周富怒殺了他。」

李冠廷想周富分不清真假，看見這一幕後，心中充滿了憤怒。周富認定「陳敏遭到強暴了」，而周富的幻想對象——陳敏也會對周富泣訴遭到非禮。李冠廷想到筱涒想必是十分瞭解監視器的攝角與性能，才能製造出「劉大晟強暴陳敏」的戲碼。李冠廷心中涼了一半，「妳就這麼有把握周富會洗掉監視器的影像？」

「周富非常在意他人知道自己的祕密，所以他會將影像洗掉。不過，我也擔心他不會作這個動作。那天我約張日昇在火車站附近的喝咖啡。劉大晟送我到火車站後，我打電話給周富，說出來時門好像忘關門，提醒周富回去檢查，並且要看監視器。接著張日昇來了，我與他聊到一半，我說：『我好像忘了關門，妳先載我回家，檢查一下。』張日昇載我回去將車停在遠方。我看到周富的車子不在家，我戴上手套，進到屋子裡，檢查監視器，發現影像全被消磁了，而周富的手機，留在客廳，還有一只摔壞的杯子。周富顯然發怒了。」

天邊剛好閃過一道雷，似乎就落在附近，雷與雷聲幾乎同時，車子的防盜器受到干擾，發出尖銳的警報聲，在隆隆的雷聲中，顯得格外刺耳。被洗掉的那一段，竟然是劉大晟與筱涒在做愛。

筱涒詳述著她的情慾細節，燒得李冠廷頻頻喝水，水喝完了，他又嚥口水；但聽到此刻故事的真相如雷轟上李冠廷的腦袋。

「心理師，你忘了講讓我醒來的指導語。」筱涒緩緩睜開雙眼說。

李冠廷看著這個女子，這位謎樣的女子，李冠廷已經沒有能力再與她做任何晤談了。

「吳日昇知道這些事嗎？」李冠廷像作戰失敗的戰士。

「他不知道，他一直以檢舉他的上司是彰顯了公理正義。就連我與你之間的種種關係與會談內容，他也不知道。」筱涒微笑著，綻放出甜甜的梨渦。

李冠廷滿臉訝異，說不出話來。

「你想如果他知道你在會談時，是這個樣子……」筱涒的柔荑輕輕撫弄李冠廷的膝蓋，「你們還會有好朋友的關係嗎？」筱涒接著說：「真相知道了，你目的達到了嗎？」

李冠廷整個人垮坐在沙發上，撥開了筱涒的手。

「你們這些搞心理的，知道了真相又承受不起。」筱涒語帶嘲弄。

李冠廷歎了一口氣，想起他的夢境，那個不知名的女子在海邊釣魚的夢境，原來那女子就是筱涒。

「你來找我，不單只是為你的paper，你還為你的好奇，另外就是為了你內心底層的……」

筱涓接著說：「其實佛洛依德說『性』才是人最原始的驅力，那怕你是諮商師，你都避免不了這個誘惑。當初你向吳日昇提到我，不就是因著『性』；你會在我住家附近偷看著我，不就是因著『性』；還有每一次諮商結束，我們擁抱在一起，你心中的悸動，不也因著『性』……」

筱涓嫵媚地微微一笑，湊近李冠廷……

李冠廷握著她的雙手，窗戶外的天空下起滂薄大雨。

十四

李冠廷站在海堤上，看著潮來潮往以及懸在外海的島嶼。三月了，春天來了。在海邊還是覺得冷，海風呼呼地吹著。還好太陽帶來一些溫暖。李冠廷約了吳日昇。吳日昇開車趕過來。

「冠廷，我聽說你要離開這兒？」

「再過幾天吧！我要回高雄，準備五月底博士班的考試。」

「冠廷，加油喔。」吳日昇笑著拍李冠廷的肩膀。

「謝謝你的鼓勵。」

「離開前，今晚喝一杯吧！」

「不了，我們在這兒聊聊吧！考完後，我再回來找你喝一杯。」

「一定要聯絡。」

倆人沉默地看著這片藍藍的大海，遠遠的海面出奇的平靜，可是沙灘前方的海面，卻掀起陣陣波浪，來來回回地擾動細細的海沙。

「日昇，我已經不釣魚了。」李冠廷看著大海，「你說得很對，人有時就像魚，當誘惑來時，自己以為咬到了心所要的東西之後，才發現被魚鉤給勾住了，再也掙脫不出來。」李冠廷很想對吳日昇說出真相，「日昇，筱涓，她……」

「喔，對我要告訴你一件事，我和筱涓要結婚了，雖然她經歷過這些事，但我還是覺得她是適合我的。我準備在醫病關係終止後與她結婚，何況我也離婚這麼久了……」吳日昇高興地說。

李冠廷看著他的同學，「日昇，那就恭喜你，我得走了。」心中想起筱涓。

「我與筱涓講好了只請幾位好友就行了，到時你得來。」

「好，我一定來。日昇，我得走了。」

「再見。」兩人同時說。

李冠廷看吳日昇喜悅的樣子，他不打算告訴吳日昇任何有關筱涓的事了，也不會參加他們的婚禮。李冠廷心想：「我在內心中不也是違反倫理了。」臉上浮現一圈苦笑。李冠廷坐在往高雄的普悠瑪號上，想起與筱涓最後一次晤談……

筱涓說完了周富殺人的整個案情後，李冠廷終於搞清楚心中隱微之處的驅力是什麼了？在諮商室內李冠廷握住筱涓的玉手，陣陣體香飄來，筱涓充滿慾望的眼眸，微啟艷紅的雙唇，舌尖在齒間誘惑著……李冠廷緩緩閉上雙眼，低頭輕吻了筱涒的額頭之後，逕自離開了心靈諮商室，昂起頭看著天空的烏雲，讓大雨打在他的身上，用冰冷的雨水淨化內心最底層的慾望。

火車在叢山峻嶺中飛奔著，時而穿越山洞，窗外的景色倏明倏暗。李冠廷看著車外不斷變換的景物，歎了一口氣，原來他是魚，是受誘惑的魚，一口咬下魚鉤的餌。

李冠廷考取了博士班。一年後透過他司法的人脈在獄中見到周富。李冠廷與周富在榕樹下見面。樹下有石桌、石椅。蒼勁的高山，翠綠的田野，清風陣陣。悠閒的午後。清風徐來，沉默無語。

「她怎麼離開你的？」

「她是突然消失的，在我吃了藥之後，她就不見了。」

「把你現在的感受畫出來吧！」李冠廷將彩筆與紙遞給周富，藝術治療是李冠廷準備研究的主題，周富畫好了，李冠廷看著周富的畫。

「心理師，她就是我心中的陳敏。」周富眼眶含淚。

那女子左肩上有塊粉紅玫瑰似的胎記，李冠廷想起那天筱涒談到陳敏的特徵時——一陣雷聲蓋過了筱涒細柔的聲音，此刻陪伴周富的李冠廷似乎看見了筱涒的豐唇，抹上鮮艷撩人的紅色，一開一闔的唇語說：「這就是了……這就是陳敏肩頭上的特徵了。」李冠廷將自己從那天的記憶中抽離，又再細細看畫中女子，秀髮垂肩，一張圓圓的鵝蛋臉有著一雙黑白分明的大眼神似……神似筱涒。夕陽西照，天空似血一般，將整個精神科專科醫院的院區染成一片紅。

〈魚鉤〉寫作感言

這篇，我算了字數約是兩萬三千餘字，是最長的一篇。

過去曾有某位精神科醫師專開高劑量的精神科用藥，以詐領健保費，當時引起很大的議論。開藥是醫師的專業，我常常看見我們的病人，有時會因為藥的副作用過大，而擅自停藥以致病情更為嚴重。於是我就構思周富這個角色，又再加上工於心計的筱涒，以及精神科醫師張日昇、心理師李冠廷；讓情、慾貫穿這篇小說，成為主軸，魚鉤則是象徵物，是隱喻。

人的行為有時就像是李冠廷說的，「人有時就像魚，當誘惑來時，自己以為咬到了心所要的東西之後，才發現被魚鉤給勾住了，再也掙脫不出來。」

外星人狂想

「人，如果有一天不能再溝通，你能不能告訴我世界會變成什麼境況？」

「毀滅了吧！」小啟抓著頭說。

「為什麼？」

「世界不就是溝通才有意義嗎？而你自己是學新聞傳播的，應該很清楚呀！」

「是呀！語言是溝通的工具，也有人說是橋樑。人與人之間，甲說了一句話，乙有回應，同樣地乙說了一句話，甲也有回應，我們就可以說甲和乙在溝通。溝通的目的，最主要是能夠懂彼此的心意。」我接著說：「不過人類這種表達意念的方式實在落伍。」

「不用這種方式，我們要用那種方式？」

「直接感應。」

「直接感應，要怎麼做？」

「直接用腦波傳達意念。不需要口語、文字或其他任何符號。」

「這個老梗了。腦波傳念，許多科幻小說早就描述過了。」小啟的態度十分不屑。

「腦波傳念這四個字比直接感應更為貼切，我就借來一用吧！」我心想：「小啟，沒有這一方面的經驗，所以他感受不到腦波傳念的妙用。」沉思了一會兒，我接著說：「是的，許多科幻小說是寫過了這類的題材，但沒親身經歷過，我是親自經歷過外星人的腦波傳念，而且他們是宇宙高等生物，非人類任何科學所能達也。以下，你就聽我慢慢說外星人影響世界與我的故事吧！」小啟點點頭，「好吧！你說……」

中國《史記》〈周本紀〉記載——

有火自上覆於下，至於王屋，流為烏，其色赤，其聲魄。

主要意思是，從天上降下來一個火紅色的物體，停留在指揮官的營帳上方，後來飛走了，遠遠看像是一隻烏鴉，整個泛著紅色的光芒，還有很大的聲響。」那時是公元前十一世紀，發生在周武王準備討伐暴虐的商紂王期間。

《晉書》〈庾亮傳〉記載——

有數炬火，從城上出，如大車狀，白布幔覆，與火俱出城，東北行，至江乃滅。

意思是，有幾個形狀如大車的火團，從城上方出現，還有如白布的覆蓋物，往東北方向飛去，到長江後就隱沒消失了。發生的時間約是西元三三四年。

《晉書》〈張祚傳〉記載——

> 當夜，天有光如車蓋，聲若雷霆，震動城邑，車蓋形狀如大傘，橫視上銳下平。

意思是，當天晚上，夜空中有光像車蓋，雷聲隆隆，整個城都受到震動，這個空中的飛行物，像傘一樣大，橫視來看上頭是尖的，底部是平的。描述如同現代的飛碟一樣。張祚這個人在西元三五四年篡位做了皇帝，但只做三年就被殺了。

另外在北宋也發生過「明珠事件」，沈括是北宋的科學家，專長是研究天文、地質、物理、醫學等，出任過「司天監」。在《夢溪筆談》記載〈揚州明珠〉一事——

> 嘉祐中，揚州有一珠甚大，天晦多見。初出於天長縣陂澤中，後轉入甓社湖中，又後乃在新開湖中，幾十餘年，居民行人常常見之。

主要意思是，天空出現了明珠，這個明珠非常的巨大，只要在黃昏時就會在天空出現。後來這個明珠，到湖裡面幾十年，居民、行人常常看到。

而外星人就在明珠裡觀察著人類，沈括的這本書約在西元一〇八六年到一〇九三年完成。

嚴格說來，從人類存在時，他們就在觀察人類了。到了近代，外星人更想與人類有進一步的接觸，約八十多年前的萬聖節前夕，美國哥倫比亞廣播公司廣播的新聞快報，在全美引起軒然大波，許多民眾以為是世界末日來臨。那天是一九三八年十月三十日晚上八至九時，廣播電臺的新聞快報報導「火星人入侵地球」，引起逃亡、動亂，州政府甚至出動國民兵維持秩序。

在傳播史上，這是非常的著名的「火星人進攻記」。許多人說這是假的，不過事後的研究跡象顯示，真的有這麼一回事。但他們是外星人，而非火星人，人類對於非我族群，喜歡貼標籤，而且會認為對方是可怕的，會害人的。終結一句，就是沒有安全感，怕受傷，為了避免受傷，人會將自我封閉起來。

我很想瞭解一九三八年十月三十日那件事情的始末，外星人透過腦波傳念，讓我感應到，原來是他們的太空船降落，打開艙門，派出探測的外星人。人類也不查清楚，就開槍射擊，搞得受傷的一堆，不過受傷的都是人類。外星人感覺到敵意，就離開了，改降落在其他適合的地點。沒想到人類開始以訛傳訛，草木皆兵，以為世界末日來了。

這些外星人已經到了地球各個角落，他們有強大的能力，是友善的，幫助過地球躲過許多大規模毀滅性的災禍。像在一九零八年六月，墜落於西伯利亞通古斯卡區域的小行星，在地面上空六公里處爆炸，它只不過是一塊直徑約六十公尺的隕石，就引起了巨大的火球與劇烈的爆震，夷平了超過二千平方公里的森林。現今，科學家普遍認為，那是威力相當於一千萬公噸的黃色炸藥。這顆隕石原本是要落在歐洲的，外星人為了避免人類的重大傷亡，將它導引到人煙罕至的西伯利亞爆炸。

在一九九三年三月，天文學家在木星附近發現一個形狀奇特的慧星，名叫舒梅克李維九號。慧核分裂後排成一條線，像念珠般飛掠過太空。天文學家預期在一九九四年七月會接連地撞向木星，撞擊所產生的能量是廣島原子彈爆炸能量的十億倍。在當時引起全球新聞媒體的關注，各地的天文臺掀起了觀測熱潮，也包括臺灣圓山天文臺，一波接著一波對舒梅克李維九號投入了許多研究，這是人類首次直接觀測太陽系的天體撞擊事件。

一般人都以為這是宇宙的自然現象，在維基百科上寫，木星所扮演的是清道夫的角色，在太陽系內以強大的引力清理了太空垃圾。這曝露出人類的自以為是，以自己的理解來下定論。實際上，這是外星人作的一次精準校正，地球經過了這次的校正才免於滅亡，否則人類的下場會像恐龍一樣。

「靠！既然外星人的能力這麼強，為何不能讓人類都可以感應到他們的存在？」小啟表現出不可置信的態度。

當然，這也不能怪小啟有這樣的想法。因為人類的溝通必須要靠符號，才能表意與理解，無法直接意念對意念。這個符號包括了文字的、語言的、圖像的，可是符號並不能完全達意，例如「愛」、「情」、「喜歡」，每個人的感受程度有異，我的愛與小啟的愛是不同的，當詞不達意的狀況發生時，人類就會用自己所處的位置來理解對方的意思。

我回答小啟：「他們也願意呀！只不過一九三八年以後，外星人就非常謹慎，會評估再評估，經過挑選，觀察，之後再決定要不要與被挑選的人做進一步的接觸。」我問小啟：「你曾經養過貓、狗嗎？」

「有，養過狗。」

「叫……叫小星是不是？」

「對的。」

「當初是我到動物收容所，選半天，才選到小星的，真是跟牠有緣。」小啟談到狗，就開始眉飛色舞了。

「是啊……你那次去動物收容所，大約有幾隻狗在那兒？」

「二十多隻。」

「結果你選了小星……這個歷程經過了評估，挑選，觀察，再決定要不要將小星帶回去。結果你將小星帶回家了，表示你與小星之間有了感應。」我轉回到小啟問我的問題，「我回答你剛剛的提問，『外星人何不讓人類都可以感應到他們的存在？』主要的問題出在人類，人不是那麼有理性，換句話，人心有善良，同時人心也存在邪惡，就像人類養的寵物雖然可以陪伴人類孤寂的心情，但是牠們畢竟有野性，你必須要小心動物野性的攻擊行為。」

「當然。」小啟點點頭。

「外星人也會擔心一九三八年的事件再次重演，再來，假設外星人選擇你可以直接感應到他們的意念，與他們連結，這樣的事，並是非好事，反而很麻煩。以我為例，許多的親友都視我為異類。甚至連我的女朋友，都和我分手了。唉！人類對於不同的事物、未知的事，總是會有反對與害怕的想法。」

「你的女朋友，小瓊嗎？」

「就是小瓊呀！不然還有誰？」

「什麼時候的事？」

「三個月前。」

「我都不知道你和小瓊已經分手了啊！」

「這件事……有什麼好說的！」

我沉默了。

「別難過了，兄弟如手足，女友如衣服……天涯何處無芳草……」小啟看著我，擠眉弄眼地搞笑。

「何必單戀一枝花！」我和小啟一起說。

「你安慰失戀的兄弟，就這麼幾句話！」我笑罵小啟。

「嘿嘿。兄弟，我要聽你……你與外星人的交往經驗。」

「接下來是故事的核心。」我幽幽地嘆了氣，「唉！為此，我付出了很大的代價。」

「什麼代價？」

「精神病。我被送到精神科。喔！不，以前都送到一般醫院的精神科，這一次被押送到精神專科醫院。」我苦笑著說：「晉級了，精神專科醫院也算得上是教學醫院。以前在精神科定期門診，醫生說我是精神分裂症，有妄想。不過這個詞，在這幾年已經改為『思覺失調症』。」

小啟一臉疑惑。

「簡單地說，思覺失調症是『想到的』和『感覺到的』與一般人不一樣。這個不一樣已經困擾到他人和自己了。瞭解嗎？」我解釋。

「瞭解。」小啟點點頭，「我要繼續聽你的故事。」

「好的，我說，我還沒住進精神專科醫院時，在一般精神科門診，每次看診，醫師都會問東問西的。」

「我沒看過精神科，感覺如何呢？」

「媽的，感覺很差。」我爆粗口。

「別衝動，心平氣和，慢慢說。」小啟連忙勸說。

「我信任醫師，才將我知道的告訴他，但醫師卻說我生病了，腦子裡想的和別人不一樣，一直說我有妄想。早知道就不講了。」

「後來呢？」

「我看到醫師桌上有一本《精神疾病診斷手冊》，我在網路上也訂購了一本，現在已經第五版了，精神病的分類愈來愈多。我研究後發現這本冊子列了許多心理疾病，大部分都會有一個但書，只要不干擾到日常生活、工作、課業，也不要困擾到他人，基本上就不是病。所以那陣子，我努力做到所謂的正常，而且我的症狀都不再對醫師說了。」

「哇！這招可真是厲害。不過你瞞得過醫師嗎？」

「每次看診，診間外都是大排長龍，我從不掛前面的號碼與後面的號碼。前面的，因為剛開始，醫師會多問一些；後面的，因為要結束了，醫師也會多問一些，會依依不捨地和病人多說一些話。每次掛號，我都會把自己排在中間段的前面。」

「安排在中間段的前面，這是什麼道理？」

「我在這個位置，輪到我時，前面已經看了一堆病人，後面還排著一堆病人。醫師為了要趕忙消化病人，眼睛一直注視著電腦，這時候一心多用的醫師，就會做出他們自以為迅速、確實，而且充滿專業的回應。」

「喔！你都把醫師的習慣都摸透了。」

「看了好長的一段時間，終於醫師對我說：『你已經完全康復了，這些藥等覺察到自己胡思亂想時，再吃。如果覺得自己不大對勁時，記得一定要回診。』」

「你……真的有聽醫師的話嗎？」

「當然沒有呀！誰要再回去看冷漠的精神科醫師呢！回家後，我將所有的藥都餵馬桶，強迫馬桶嚥下，按水，讓馬桶大口大口喝水吞掉這些我討厭的藥。」我提高了音量，得意地說。

小啟聽了之後，哈哈大笑。

「不用吃那些討厭的藥，讓我的腦波傳念的敏感度提高了，能收到更多外星人的意念。」我繼續說。

「你前兩個月被押送到精神專科醫院，也是和外星人有關嗎？」小啟問我。

我抑遏不住內心的激動，說得口沫橫飛，「想到這個，我就很開心，以前外星人只是偶爾來到臺灣，這次是研究團隊進駐臺灣，進行長時間的正式的研究。我真是感到快樂！……我……」

小啟打斷我，「等等，他們長的什麼模樣呀？」語氣急促。

「別急，聽我慢慢道來。其實只要外星人願意，就可以變成任何一種物種傾聽萬物的心聲。說實在的，我也不知道他們的原貌。那個是非常美妙的經驗，外星人願意傾聽，願意讓人類回到真我的感覺，就像是最原初的存在。」

我想到我和前女友——小瓊，剛開始交往時，情感的交流，靠眉目就可以傳情，這一點與外星人的腦波傳念有點類似，不需要語言就能瞭解彼此的心意，觸碰到內在的真我，那時常常有著被同理到的感動！可是時間一久，變成小瓊說的我不懂，我講的小瓊也不懂。

於是她嘴邊常掛著，「為什麼你都聽不懂！」

我和小瓊有一回夜裡遊山，在山頂的涼亭，欣賞夜景。小瓊柔情說：「如果我想要躲起來，能不能躲進你的懷抱裡？如果我想要一點光，你能不能為我摘下天上的星子？為我捕捉地上的螢火蟲？」

我臉上堆著不解，「蛤！妳說的這些話的意思是要我去抓螢火蟲嗎？天上的星星，我沒辦法摘下來。螢火蟲……嗯，應該還可以抓得到。從那時起小瓊就常常抱怨，『我的心，你從來不願意瞭解。』有時，小瓊會為此難過落淚。直到與外星人腦波傳念後，外星人讓我感應到小瓊需要的是與連結。其實也不只是小瓊需要，人都需要與人連結，因為人的內心深處有很強烈的孤獨感，這個孤獨感是外星人研究人類的重要課題之一。」我對小啟說：「我剛剛講他們會變成任何一種物種，還會傾聽。我現在回答你的問題：『他們到底變成了什麼？』其實，只要你帶瓶米酒、花生米，夜半時到公園、地下道，你若是有用心都可以找得到他們，兩杯黃湯入肚，什麼話都可以講，他們很願意瞭解你的想法與感受！」

「是喔！他們是……」小啟一臉驚訝。

「沒錯。正是這些邊緣人，他們是外星人偽裝的。當然，他們會用我們的溝通方式與我們進行溝通，選擇到他們認為可以進行腦波傳念的人時，感應就會發生了。」

小啟充滿了不可思議的神情，「後來你和他們……不是。我的意思是你和外星人發生了什麼事情，才住進醫院的？」

「唉！這件事……」回想起這件事的原因，真的有點痛苦，但我還是說出來了。

這些年經濟不景氣，時機不好，政治又亂，遇到疫情，搞得每個人生活壓力都很大。我常常深夜睡不著，看著時間滴滴答答地流過，直到天亮，打開窗戶，聽見鳥鳴、聽見車聲，它們不是提醒我又是新的一天開始，而是告訴我是憂煩又延續了。但從外星人來了之後，我常常有種被理解的感動上身，可是次數多了，一些親朋好友就認為我不正常，告訴我爸媽。他們兩位老人家哭著送我過來，拜託醫師要救我。

主治醫師是女的，名牌上繡著「精神科李脩醫師」。

李脩，一雙杏眼，圓圓的臉，十分可愛。但我對精神科沒什麼好感，我採取消極的態度，冷冷回應李脩，「你們只要開藥就好了。」

「你說……你們，可是我是我，和他們還是有差別的。」

這麼一講，反倒勾起我的好奇。究竟李脩與其他精神科醫師有什麼不同？她笑著解釋，「精神科醫師不是只會做開藥的處遇而已。」

李脩很願意聽聽外星人與我之間的故事。

她為我沖了一杯咖啡，放在桌上，與我成九十度角坐著。

李脩的身體略向前傾，微笑注視著我。我慢慢地打開心房，在滿屋的咖啡香氣中，開始了對話……

「你再說仔細一點，外星人也在臺灣嗎？」

「是啊！他們早就來了。」

「喔，外星人有什麼任務呢？」

「他們住在地球上，觀察人類的言行已經有好幾千年了。」

「嗯！」

「外星人在世界各地對人類進行研究，我的外星朋友們也到了臺灣，進行他們對臺灣人的研究。」

「你知道他們的研究內容與發現嗎？」

「嗯！」我點點頭。

「能不能說一下。」

我抬頭看著李脩，她散發出美麗氣質，甜甜的微笑，充滿了陽光般的溫暖，她的眼神鼓勵我繼續說下去。

「外星人的研究發現，人同其他星球主流的物種相比，人的生命很短，都會死亡，可是大多數人又否認死亡。」我繼續說：「死亡，一直是外星人研究的重點。」

「喔！死亡？」李脩的眼睜得大大的。

「對，死亡。人對於死亡的心態就像是鴕鳥一樣，認為死亡是一定會來到，但它暫時是不會來的，或著可以說是一種自我安慰，自認為不會那麼倒楣就遇到死亡了。」

李脩點點頭，「外星人觀察的很仔細。」

「是啊！他們還發現，人會不斷追求世上的名利，證明自己的存在。在享受名利的過程中，雖然理解到自己會死，但老是對自己說：『不會是現在。』」

「嗯！再多說一點，讓我瞭解。」

「外星人認為人一直處在死亡的威脅下，時時憂懼。當人瞭解到死亡是每個人的必經之路，其他人無法頂替，此時人就會體會到自己是孤獨的，接著會知道自己在世界上有自我的獨特性，瞭解後就可以提昇自我進入自我的純真境界。可惜的是，因為太孤獨了，人得一個人面對人生最大的失落，所以人會找一些外在的連結刺激，來移轉孤獨感。」

「是啊！你剛才提到死亡、憂懼、孤獨和純真境界，能不能說說它們彼此的關連呢？」

「受到死亡的影響，人產生了孤獨感，如果我們勇敢的面對這個孤獨感，我們會開始思考自己的存在與活在世界上的意義，進入到純真境界。」

我陷入了沉思，場面變得沉默，我的思緒不斷地翻騰著。我突然覺察到人在追尋存在時，有很大的矛盾，想進到純真境界，卻拋不開世俗紅塵。

「剛剛你沉默了，想到了什麼呢？」李脩溫柔地說。

「沒什麼，我只是想到外星人傳念給我的一些觀點。」我內心想著我在公園與那些由外星人偽裝成的街友，在杯晃交錯的剎時，正是打開我心靈的時機，雖然酒帶給我醉意，但我的覺察敏感度卻增大了，我突然懂得這些街友，一般人稱他們是遊民、流浪漢，完完全全處在社會邊緣，社會大眾也顯少會與他們交談。如果當初我封閉自己，不與他們接觸，我就不會被外星人選上，可以直接感受到外星人的意念，腦波傳念的過程使我的感覺更敏銳，思緒更清晰，感覺到天地間只有自己的空虛與孤獨的存在，剎時間我感應到外星人的腦波傳念……

「你要繼續說嗎？」

「我剛剛感應到……」

「感應到什麼？」

「陳子昂。」

「陳子昂是誰？」

「不是現代人，他是唐朝詩人。」

李脩表示理解，但有些訝異，「陳子昂……他是唐朝人，和外星人有關係嗎？」

「他是外星人。」

李脩想起小時候，母親教他背唐詩，她曾經背過陳子昂的詩，「他寫過的詩，我小時候還唸過──〈登幽州臺歌〉，『前不見古人，後不見來者，念天地之幽幽，獨愴然而涕下。』這首詩有特別的意涵嗎？」

「這首詩是外星人對人類孤獨現象的描述。外星人感受到人都是孤獨的，想追求自己的存在，可是卻又常常害怕孤獨，只好否認自我的獨立性，將自己投身在群體中。就像是大家在喝酒很熱鬧，那時大家不分彼此。但酒醒後，又得面對清醒時的孤獨感覺。」

「你對外星人有不同的感情，他們給你腦波傳念，讓你知道自己的孤獨。對此，你的想法是什麼呢？」李脩語調柔和，同理著我。

「我同意他們傳給我的意念，讓我知道自己的孤獨。可是多數人是不知道的孤獨就是人類的本質，於是人常將『人群』的集合體稱為『我們』，這個『我們』就會一直侵蝕著『我』，直到『我』在『我們』之中消失為止。」

「可以再說得具體一點嗎？」

「好比，小怡與小禎是伴侶約了看電影，小禎想看國片，小怡想看西片。而小怡堅持不讓步，於是小禎放棄了國片，小怡與小禎都同意看西片，換句話說：『我們一起去看西片。』小禎這個看國片的『我』就消失了，在小怡與小禎所組成的看西片的『我們』之中不見了。」

「唉！」我歎了氣。

「你似乎有點無奈。」李脩也沉思著，緩緩地說。

「嗯，人為了不讓自己孤獨，會投入到群體，人常說『同心』，但同心勢必要付出自我，以便成為『我們』，『我們』會慢慢擴大。」我重複了剛剛說的那句話，「這個『我們』就會一直侵蝕著『我』……一直侵蝕著『我』，直到『我』在『我們』之中消失為止。」

小啟聽到這兒，低著頭。

「怎麼了？你在想什麼？」我問小啟。

「人不想孤獨，不想死亡，但本質上卻又是會孤獨和死亡。就算人透徹了死亡，但是人還是孤獨的，會期待人與人的連結，這個已經是很哲學的問題了。」小啟抬起頭，動一動身體。

「小啟，外星人觀察了人類的歷史，也發現這是一個很矛盾的問題，常常困擾著人的心。我很羨慕外星人，基本上他們與同類是整體的，不像人類要用語言作為溝通的媒介，他們的意念能夠彼此相連，可是當想獨處的時候，外星人又會將相連模式換成不受干擾的獨立思考模式，不必像人處在『投入——拉出』的焦慮中，也不必擔心是否會對彼此造成傷害。」

「你剛剛講的投入——拉出，它的意思是什麼？」

「人們因為害怕孤獨，所以會『投入』到人與人之間的關係裡，可是當進入到關係裡，人又想要保留自己的獨特性，這時又想『拉出』。人就常常在這兩者之間拉扯。」

小啟嘆氣，「唉！最後，你和醫師……」似乎也為人類的困境感到無奈。

我瞭解小啟想要問我與李脩之間對話的結果。

李脩問到最後，我不想再說話了，一直保持沉默。

人與人之間話說得再多還是有隔閡存在，再講下去，李脩在精神科醫師的位置上會用她的專業——精神醫學，以及她的臨床經驗，診斷我有誇大妄想。

不過外星人是真的存在。外星人研究人類尚無定論，只覺得：「人類的問題真多，需要更多的傾聽與關懷。」

想到這兒，我低著頭，臉上浮現一抹苦笑。

這位不再說任何話語的美麗精神科醫師，同我就安安靜靜坐著，靜得只聽見滴滴答答的時鐘跳動，恍若我與李脩同步了，進到永恆。我內心隱隱感應到李脩的意念：「傾聽與關懷並不需要語言，此刻我就能讀到你的心思與內在的感受。」

我訝異地抬起頭來，「難到她是……」

李脩那張圓圓的臉正給我一個暖暖的微笑。

☙〈外星人〉寫作感言

外星人狂想，這篇曾經投搞科幻小說徵稿比賽。給這篇的評語，大意是「科幻性不足」，其餘的寫作技巧，還可以。人類是靠語言表意，但言有盡而意無窮。有時，看籃球比賽，一個眼神，一個動作，就可以漂亮地投籃得分，那個稱之為默契。

同理心有時，也像是默契，單憑一個神色，就可以讓對方感動，不需要語言了。如果有一天人類真的進步到像是外星人這樣，不用文字，靠著腦波傳念，是不是就會減少許多讓誤解……世界太平。不過這畢竟是我的狂想。

劇本

會心

有師長建議過「這本書，以小說集為主。」比較適宜。我也思考了許久，後來我還是決定把劇本放進來。這本書的基調是說故事，既然是說故事，當然劇本也是說故事的文本之一。

我會對戲劇產生興趣，主要是因為心理劇的關係，心理劇用了戲劇的元素放進心理諮商中，而我常常在想演員不知道是如何地將情緒收放？我從軍人轉任心理師，常常感覺無法同理到個案的情緒，情緒的感受對心理師是很重要的一門功夫，如果無法感受情緒，學了再多的諮商技巧，諮商的成效還是會打折。督導建議我，「多看些舞臺劇，直接觀察演員的情緒反應。」於是我就踏進了戲劇的天地，參加工作坊，體驗演員的訓練，如何讓情緒流露。

若干年前文化處辦理「劇透人生——劇本創作工作坊」，由國立臺東大學王友輝教授指導學員創作劇本，這部劇本就是這樣產生出來的。後來開始讀劇本，並作讀劇演出，讀劇是藉由聲音讓故事更活靈活現地出現，聽著每個場景是需要更多的想像。從每字每句中，參透這語句的情緒是什麼？該有怎麼樣的情緒？

我曾嘗試將心理與讀劇結合帶領團體，正是以〈送袍澤回家〉[1]這部劇本作為我讀劇團體的演練腳本。我帶團體的流程是先說明那個年代的背景，讓伙伴們理解後，用空椅技術，擺置空椅，假設當事人坐在空椅上，讓大家討論主角的姿態會是什麼？經常出現的情緒是什麼？之後由伙伴選角色，接著我會說些引導語，讓伙伴做身體的放鬆靜心，進入到扮演的角色裡，才開始讀劇，透過說出的語句，感受自我情緒的變化。讀劇完後，由伙伴作些自由聯想，看看勾起了什麼？分享時，伙伴們是不作任何價值的判斷、定論，就只是分享自我的感受。

附帶說明，括弧內所述為舞臺指示（stage directions），敘述人物的活動、情感等等。在讀劇時場次、時間、場景，以及括弧內有◎符號之下的文句，必須由專人念出。若括弧內無◎，則是說明讀劇者需要投入的情緒或是感受，不需要旁白念出。

---

[1] 這個故事，我寫成短文〈奢望〉收錄在《一位原住民心理師的心底事》，臺北：釀出版（秀威資訊），二〇二〇年。

帶袍襗回家

故事大綱

在隨時要為反攻大陸作準備的年代。綽號小許的許福原是解放軍，在古寧頭戰役中被俘虜了，收編成為國軍，在金門服役。

在軍事對峙的氛圍下，許福泅水渡海，想回到日夜相思的家園。行動時，因海潮，將他又帶回金門。在軍審的過程中，擔任軍法官的高伯，也勾起對大陸家鄉的回憶，高伯雖有不捨，可仍將小許判處死刑。

高伯為了要贖罪衍，在兩岸開放探親後，將一個個孤單無依的老兵骨灰，送回大陸家園。

劇本　會心

主要人物

高伯　八十歲，榮民，部隊軍法官，退休後是律師，現為專職帶無家屬老兵骨灰返回大陸老家。

淑蔓　中年女性，高伯女兒，學校老師，離婚，撫養兩個孩子。

許福　綽號小許，三十八歲，原是解放軍，古寧頭戰役中被俘，收編成為國軍。

大姐　許福大陸妻子，童養媳。

許母

書記官

王群　王老哥的姪兒

第一場　骨灰罈們

時間：民國一百年九月某日夜晚

場景：高伯書房，有書桌、直立式衣架、飲水機、白鐵杯、母親遺照、日記本、公文

人物：高伯、淑蔓

高伯　咱們回家囉！

（◎高伯抱著骨灰罈進到書房，淑蔓跟在後頭。）

淑蔓　爸，你走慢點，你年紀大了，骨灰罈又這麼重。

高伯　到了，到了，我得將許老哥放在桌上。

淑蔓　爸，小心點！

高伯　沒事！還行。許老哥，您先在我的書房休息。

淑蔓　爸，別再送這些伯伯的骨灰，你就是不聽。

高伯　女兒呀！爸爸做這事兒，是積陰德呀！妳知道嗎？昨天我作夢，夢見這些落葉歸根的老兵，都笑著為我鼓掌，那些回家的叔叔、伯伯都很高興呀。淑蔓呀！妳看許伯伯，聽見要回家笑得多開心呀！

（◎高伯又抱起骨灰罈，要讓淑蔓看罈上的照片。）

淑蔓　爸！你別嚇我，我看伯伯的照片沒什麼變化，同樣的一張臉。

高伯　哎！妳不懂的啦！（◎高伯對骨灰罈說話。）許老哥前面還有三位老哥，等過一陣子，才能帶您回老家。

（◎高伯脫掉外套、領帶，淑蔓接過高伯的外套、領帶，吊上直立式衣架。）

淑蔓　你的書房，已經有四位要回家的伯伯了！

高伯　是啊！我得擦拭他們了，骨灰罈就是伯伯們的外在。

淑蔓　爸！伯伯們的骨灰罈你擦得很乾淨。

（◎高伯溫柔地擦拭骨灰罈，對著左邊第一個王老哥的骨灰罈說話。）

高伯　王老哥，要準備回大陸了。您的雙親、兄弟姐妹都走了，您的姪兒明天會來接您，將您和父母的骨灰安厝在一起。他還寄了一張村門口的照片。王老哥，看看這張照片，這張是太陽下山時拍攝的，您看這是您老家的村子口。

（◎高伯把照片拿到王老哥的骨灰罈前，讓老哥看照片。淑蔓過來看，但是看不清楚，直接從高伯的手中拿過照片。）

淑蔓　我也要看。

高伯　哎呀！別搶，兩個孩子都上大學了，妳這當媽的還像個孩子一樣。

（◎淑蔓朝高伯作鬼臉。）

淑蔓　這村口的路兩旁有一大片黃……是菊花……黃菊花。
（◎高伯沒聽見淑蔓的回應，繼續擦拭另外兩位骨灰罈。）
高伯　李老哥、陳老哥，別擔心，我陸陸續續會和你們的家人聯繫。
淑蔓　爸，你看還有一個古色古香的涼亭。
（◎淑蔓將照片拿給高伯。高伯拿出老花鏡，戴好後，細細看了。）
高伯　真有個涼亭吔！淑蔓，明天送王老哥回家，這事兒很重要……好不容易才知道王老哥和小許是同村的，我會在那兒待個兩天找找小許的家人，有封信要交給他們。
淑蔓　小許……小許是誰？
高伯　小許是……小許是……
（◎高伯打開抽屜，東翻西找，故意不回答淑蔓的提問。）
淑蔓　爸——
高伯　咦！我的日記放那兒了？
淑蔓　每次都不說，老是轉換話題。日記不是放在抽屜裡嗎？
高伯　是嗎？我怎麼找不呢，年紀大囉……（◎高伯在桌底下找到了，拾起日記。）
喔！找到了。原來我的記憶都落在底下囉！
淑蔓　爸！你要寫日記啦？像老蔣一樣，每天寫呀！
高伯　開什麼玩笑，老蔣總統……我沒他那麼偉大，也沒那麼有毅力。妳看上頭都是灰塵。

（◎高伯拍拍日記上頭的灰塵。）

高伯　歲月很奇妙，想忘的，忘不掉；不該忘的……卻忘了。

淑蔓　可是你沒忘了，要親自送這些老伯伯回老家呀！我也陪你回去了幾次，但是我都不知道這背後的原因是什麼？

高伯　妳想知道？

淑蔓　嗯！

高伯　淑蔓，妳陪我去大陸幾次了？

淑蔓　五、六次了，（感嘆。）那時離婚沒多久……

高伯　這活人的生離，亡者的死別，都讓妳遇見了。

淑蔓　（嬌嗔。）爸！你都這樣。

高伯　哈哈！不逗妳了。（感嘆。）民國七十六年開放大陸探親後，我就抱著這些老哥們的骨灰，從臺灣回大陸老家，算算……也超過一百位多位老哥了。親人還在的，就交給親人；不在的，我就將骨灰撒在村莊旁邊的田裡，一圓大伙落葉歸根的夢。

淑蔓　不做異鄉的孤魂。

高伯　這些老哥們，在臺灣都沒成家……（頓。）淑蔓，妳說妳正帶著學生在做島嶼的……什麼？

淑蔓　島嶼記憶。

高伯　對，是島嶼記憶，這些老兵雖然是從大陸來的，但他們的生命早就融入在臺灣裡了，都是小人物的故事啊！想家的、想父母的、想老伴的……一想就數十年了。

淑蔓　爸！說實在的，我還真的佩服您們這一代人重情重義，我和那口子離婚後沒多久……

高伯　怎麼了？

淑蔓　我就忘記他長的樣子了吔，根本想不起來。

高伯　哎！妳們呀！那像我們是苦過來的，顛沛流離一輩子，忘不掉的就是故鄉景物與親人面容，經常會跑進夢裡面。

淑蔓　是呀！我和你提了好多遍了，讓學生來採訪，講講你從大陸到臺灣的歷史。

高伯　口述歷史……好啊！看看什麼時間，安排一下。

淑蔓　爸！這句話……你說了好幾遍，從來也沒安排過。我真的懷疑你是不是失智了。

高伯　哈哈……咳……咳。我渴了，幫爸爸倒杯溫開水。……喔！對了，用白鐵杯。

淑蔓　好，只要送伯伯回大陸的前一晚，你一定會用白鐵杯喝水。

（◎淑蔓到飲水機倒水，高伯翻閱日記。）

高伯　女兒啊！人生有許多遺憾，我離開家是其中的一個遺憾。民國三十七年，妳參加國軍的爺爺和八路軍作戰，死了。只剩下奶奶和大伯、二伯、兩個姑姑和我……

（◎淑蔓將白鐵杯放在書桌上。）

淑蔓　爸，溫開水。

高伯　謝謝。

（◎天空下雨了，雨水打在窗戶。）

淑蔓　下雨了，我去關窗戶。

高伯　秋雨呀！入了秋，每下一次雨，就會比一次冷。

淑蔓　所以呀！天慢慢冷了，你清晨外出運動時要多加點衣服。

高伯　好。

（◎淑蔓看著白鐵杯。）

淑蔓　爸，這杯子都舊了，想不透你為啥還要保留著？不過……這白鐵杯，很好用，喝水、吃飯都用得著。

高伯　（怔住。）女兒……妳……妳剛剛說：『不過……這白鐵杯』的後頭……妳接著說了什麼？再說一遍！

淑蔓　白鐵杯，很好用，喝水、吃飯都用得著。

高伯　妳剛剛說的那句話，是奶奶送我離家時，說的最後一句話。那天，我記得很清楚，像是昨天一樣。奶奶對我說：『兒呀！你爹戰死了，咱家就你最小，你跟著部隊到南京的流亡學校，你小學、中學的證書，要收好了。帽上有白日光芒的是國軍，有紅色星星的是八路軍，跟著白日走，別跟錯了！雖然你只有十三歲，已經是個小大人了，要好好照顧自己。』（哽咽。）你的奶奶提醒我，這白鐵杯，很好用，喝水、吃飯都用得著。這就是為什麼我一直保留的原因，它讓我感覺到母親的存在。

（◎高伯深情地看著母親遺照，拿出手帕拭去淚水。）

淑蔓　爸，想奶奶了呀！

高伯　我揮手告別奶奶，上了軍車，我一直伸出頭看著奶奶，直到車子拐了彎。我就沒再見過她老人家了。後來，開放探親我才知道，奶奶在文革時死了。我只能看著照片，懷念我的親娘。

淑蔓　親情是難割捨的，可是送老伯伯回家……非親非故。你看來回大陸花了多少錢，花錢算事小，就是身體要緊。你上次抱著骨灰罈在門口跌倒，我親眼看見，你為了保護伯伯，硬生生跌倒在地，還好只是腳扭到了，媽媽不知道對我抱怨幾次了。

高伯　女兒呀！若不是這些老哥們牽著我的手，一路照應我，在那動盪的時代裡，我不知道死了幾次了。

淑蔓　爸！這些都是你辛苦過來的。

高伯　人要感恩！有老哥們的照顧，我才能考上政工幹校，唸了法律系，才有後來的高律師。儘管我老了，但爸爸有承諾，只要還有一個孤獨老鄉，我就要陪著他回家。

（◎高伯將日記收在抽屜，端起白鐵杯，喝了一口水。）

淑蔓　爸，你還是要多為我們想想自己呀！你回老山東老家，去大陸玩，我們都贊成。只是送伯伯們……這個擔子太重了。

高伯　淑蔓，爸爸會送老鄉回家，我有……唉！一言難盡啊！

淑蔓　爸！（噘著嘴。）

高伯　好吧！別噘嘴了。這裡頭的原因，今天全和妳說了，我送這麼多人，就只有一個人，是無法送他回家。

淑蔓　這位伯伯怎麼了？

高伯　這個遺憾，卡在我的心頭數十年了，我沒有辦法原諒自己當年的所做所為，是我這一生永遠彌補不了的痛苦。

淑蔓　爸，我感覺你正在難過了。

高伯　妳聽我說吧！我原本想帶這個故事進到棺材，可是我沒想到明天要回家的王老哥，會和他同村……我想說出來的時機到了，妳也聽看看，是不是可以讓學生將這件事，做為島嶼的題材，讓下一代知道和理解我們這一代的愁與哀。

淑蔓　好。爸，你說，我聽。

高伯　兩岸對峙的年代裡，我判了一個想家的士兵死刑。

淑蔓　我沒聽你提過。

高蔓　這是我心中的痛。故事的主角是許福，我都叫他小許。妳問我小許是誰？就是他。小許原本是解放軍，被俘以後成了國軍。想回家看他的老娘和媳婦兒，他偷車輪內胎游泳渡海。

淑蔓　怎麼沒游過去呢？

高伯　因為大海漲潮的時間點沒算準，潮流又帶他回金門。上岸時，看到紅色的旗，以為是五星旗，高興大喊：『我回家了！我回家了！』岸上守軍開槍，小許仔細看，原來是我們的國旗。

淑蔓　唉，命運啊！

高伯　那年我剛當上軍法官沒多久，判的第一個死刑就是小許。小許的態度算是良好，他說這事兒就是就他一人幹的，沒有其他人。

淑蔓　敵前逃亡是唯一死刑。他為什麼要這樣做呢？

高伯　他們都是想家想的，前一年他的班長也想游泳回廈門，一下水就被抓到，槍斃了。班長事件後，長官為了杜絕再有人逃亡，發了一紙命令。我還保存著。妳看。

（◎高伯打開抽屜，找到一張公文，遞給淑蔓。）

淑蔓　重申敵前叛逃，唯一死刑。經軍法宣判，一律於第七日執行槍決完畢。

高伯　上面長官還交代執行槍決前，不得注射痲醉劑。

淑蔓　怎麼會這樣？

高伯　時代的悲劇。小許有個童養媳，他稱她為大姐。他告訴我他去解放軍報到的前一晚，是他們相處的最後一晚……

（◎雨勢越來越大，雨點打在玻璃上。）

淑蔓　爸！這雨……下得越來越大了。

（◎高伯緩緩站起來，走到窗邊，夜空閃過雷及雷聲。）

（◎舞臺燈暗。）

第二場　記得一定要回來

時間：民國三十六年的某日晚間

場景：許福老家；有一張桌子、祖先桌位、簑衣、若干舊衣服、針、線、紅蛋

人物：許福、大姐、許母

（◎雷聲響起。下起大雨，許福穿著簑衣進房，接著脫掉簑衣。）

許福　哇！這雨下得可真大……還打雷。

大姐　快換件乾衣服，免得感冒了。

（◎大姐原本幫許福縫衣服，暫停動作，拿一件上衣給許福換下淋濕的衣服。）

許福　娘呢？

大姐　睡了。

（◎許福看見桌上一堆破舊的衣服。）

許福　大姐，妳在忙什麼？

大姐　幫你的衣服補丁，瞧……沒一件好衣服。

（◎許福拿起一件上衣，手指頭從衣服的破洞中伸出來，對大姐作笑臉。）

許福 這洞破得還真是大。

大姐 別鬧了。

（◎大姐從許福手中，抽回衣服，繼續專注縫衣服。）

許福 年歲不好……都快活不下去了。不過……（興奮。）等新中國來，就可以過上好日子了。

（欲言又止，遲疑。）姐……

大姐 你想要對我說什麼？

許福 大姐……我去當兵，希望幫家裡掙些錢，讓娘和妳好過一些。我明天要去報到了，我的部隊是解放軍第三野戰軍第十兵團第二十八軍八十二師二四六團。

（◎大姐抬頭看許福一眼，隨後又專注縫衣服。）

大姐 你還會回來嗎？

許福 （故作輕鬆。）戰爭嘛！誰也沒辦法說得準！……何況子彈不長眼。

（◎大姐哭了，將頭埋在舊衣裡哭泣。）

大姐 （哭泣。）嗚……

許福 喲！大姐，算我不好，咱不哭了，好不好？大姐，我開玩笑的啦，國民黨的槍子兒，沒那麼準，不是打小鳥，就是打地鼠。何況我閃得快，會躲過子彈的，別哭了啦！我自己處罰我自己……

（◎大姐還是哭，許福慌了，自行掌嘴。）

大姐　（哭泣。）嗚……

許福　（◎掌嘴。）一下、兩下、三下……

大姐　（哭泣。）嗚……

許福　（◎掌嘴。）是我不好，四下；是我不好，五下……大姐，明兒個我就要去報到了，不哭了，好不好……

大姐　子彈那麼快，你躲不過，怎麼辦？嗚！（哭得更大聲。）

許福　我腳程快，一定躲得過。不哭了，好不好？要不，我給妳說個笑話，一個雞蛋跑到花叢裡，結果變成花旦！

大姐　嗚……（大姐還是哭。）

許福　不好笑。（頓。）一個雞蛋騎著一匹馬，拿著一把青龍偃月刀，乍看是紅臉關公，但是細細看呀！原來是刀馬旦，是個女中豪傑。

大姐　嗚（哭聲弱。），不好笑啦！

許福　一個雞蛋嫁人，結果嫁錯人了，哇哇大哭，變成一顆渾蛋……

大姐　你把弄我哭了，還罵我渾……你很討厭啦！

（◎大姐擦拭淚水。）

許福　大姐，今天我上工掙的錢，交給妳的銅板，還在嗎？

大姐　買了一些家用品，還剩兩枚。你要做啥？

許福　（◎大姐將一枚銅板給許福，許福將銅板放在右手，雙手握緊。）
給我……我變個戲法，給妳看。大姐，剛剛銅板放在那隻手裡？
大姐　這裡，你的右手裡面。
許福　吹一下！
大姐　（小力吹氣。）呼。
許福　吹大氣一點。
大姐　（大力吹氣。）呼。
（◎許福打開右手，銅板不見了。）
許福　大姐，妳看看……
大姐　啊！（驚呼。）那是要給娘買……
許福　嘿嘿嘿！別擔心，在這兒。
（◎許福打開左手，有一枚銅板。）
大姐　（疑惑。）怎麼變的？
許福　天機不可洩漏……大姐，一個雞蛋參加紅軍，變成了紅蛋。
（◎許福變把戲，手中多了一顆紅蛋。）
大姐　誰家的紅蛋？
（◎大姐雙手摸著自己的肚皮。）

許福　村子裡，小王的兒子滿月，大姐我剝蛋給妳吃。（頓。）小王的兒子，取名叫王群。小王的大哥，（頓。）唉！被抓丁了，進到國民黨的部隊。

大姐　王大嬸，怎麼辦呢？

許福　天天哭呀！

大姐　戰爭……

（◎許福剝好蛋，手裡拿著白色的蛋。打斷了大姐的話。）

許福　大姐，妳吃。

大姐　你吃。

許福　給妳吃。（尾音拉長。）

大姐　你吃。

（◎大姐、許福兩人推來推去，蛋差點掉在地上，許福一把接住。）

許福　（逗笑。）大姐，妳看差點完蛋。

大姐　（些許責備。）不許你說這不吉利的話。

（◎許福故意用食拇指輕捏住蛋的兩端，讓蛋在手中旋轉。）

許福　不玩蛋！不玩蛋！我不玩蛋！

大姐　小許……別這麼皮！

（◎許福，不再玩蛋，將蛋放在大姐嘴巴前方。）

許福　好，不玩了。姐，妳吃完這顆蛋，我保證……我絕不完蛋了。
大姐　咱們一人一半。
許福　感情好，永不散，一人吃一半，大姐妳先咬一半。
（◎大姐先吃一點，許福示意大姐再多吃一點，接著自己吃完剩下的。許福吃的津津有味，然後故作肚子疼。）
許福　姐，救我！
大姐　（緊張。）怎麼了？怎麼了？肚子疼嗎？
許福　小王的蛋有毒，他是國民黨特務……痛死了
大姐　這怎麼辦？要不要帶你去看醫生？啊！我也吃了，怎麼沒事呢？
許福　（尷尬。）妳……妳……是女中豪傑，所以沒事……因為我渾……所以……所以，讓我……香一個，我就……就沒事了。
（◎許福站起來抱住大姐，親一口。）
大姐　死沒良心的，我緊張得要命，你是一個壞心眼的雞蛋，變成了壞蛋，是個大壞蛋。
許福　哈哈哈……
大姐　還笑！
（◎雷聲響起，大姐、許福沉默了，戰爭的陰影隱隱約約地浮現，大姐深情看著小許。）
許福　姐，怎麼了？

大姐　小許，我那個沒來……有了……

（◎大姐低下頭，繼續縫衣服，雨繼續下著。）

許福　有了……有啥？（從迷惘到瞭解，拍手。）哎呀！我要當爸爸了。

（◎許福興奮地跳起來，然後摸著大姐的肚子。）

大姐　（柔情。）嗯，產婆大嬸幫我看了，她確定是有了。

許福　（興奮。）我要當爸爸了。

（◎大姐緊緊抓著小許的手。）

大姐　（柔情。）要記著我……要記得給我捎信。

許福　（興奮。）大姐，我一定會回來，一定會回來看大姐下蛋。我要當爸爸了……

大姐　正經點兒，都要當爸爸的人了，我又不是母雞。

許福　我太高興了，我要當爸爸了，娘知道了嗎？

大姐　（搖頭。）娘還不知道，我一知道，頭一個就告訴你。

許福　娘知道了，一定很開心，咱們許家終於有後了。大姐，我唱歌給妳聽。

（◎唱起《中國人民解放軍進行曲》[1]。）

我們的隊伍向太陽

腳踏著祖國的大地

……

背負著民族的希望

我們是一支不可戰勝的力量

……

大姐　等戰爭結束，解放全中國後，我要和妳生一堆的大胖小子，一起建設新中國。

我才不管中國讓誰當家……我只要你早點回來。（祈求。）小許，咱們能不能不要小子？

許福　為啥呢？

大姐　小子會像你一樣皮。我想要個閨女，生個白白淨淨，可愛的閨女。……小許，我的期盼是閨女。

（◎許母緩緩進到舞臺，燒香朝祖先牌位敬拜。）

許母　許家的列祖列宗呀！我的兒即將要當兵了，請菩薩保佑許福平安歸來。

（◎打雷聲響，許福握著大姐的手。）

許福　（深情。）大姐，這些年，真的是苦了妳。我不要小子，我要閨女，我現在想的和妳是一樣的了。

大姐　這個護身符是我在廟裡求的，你掛上……菩薩會保佑你的。

[1] 原歌名為《八路軍進行曲》，張永年作詞，鄭律成作曲。創作於延安，時為一九三九年秋。

許福　好的，大姐。

（◎許福將護身符掛在脖子上，許福緊緊地握住大姐的手。雨越下越大了，許福和大姐不捨地分開，許福開始整理包伏。）

大姐　小許記得自己照顧自己，我會每日燒香，請菩薩保佑你平安。小許，你自己要多注意安全，娘和我都等著你回來。

（◎許福將大姐縫補的衣物包好。戴上解放軍帽。）

許母　（不斷地念。）請菩薩保佑許福平安歸來……請菩薩保佑許福平安歸來……

（◎許福走向許母，向在燒香朝祖先牌位敬拜的許母磕頭跪別，揹上藍布布包，離開家門。）

大姐　小許……記得一定要回來。

（◎許母慢慢伸出右手，與許福道別。雨勢、雨聲越來越大，許福打開門離家。夜空閃過雷及雷聲。出現槍砲聲。）

許母　請菩薩保佑許福平安歸來。

（◎舞臺燈暗。）

第三場　判死刑

時間：民國一百年的九月某日晚上

場景：高伯書房，擺設同第一場

人物：高伯、淑蔓

高伯　雨下得真大……秋天多雨，但也沒像這場雨這麼大。

淑蔓　小許和大姐的感情真好！那像我那口子。

高伯　是啊！我也搞不清楚，妳們自由戀愛時，愛得死去活來，分也分得乾乾淨淨，清清楚楚……

淑蔓　（嬌嗔。）爸！

高伯　妳看……我和妳媽，婚前不認識，婚後才開始談戀愛，談到現在還在談，已經快半個世紀了。

淑蔓　所以我佩服您們小倆口……不，是老倆口。

高伯　（笑。）不過妳到是遺傳到我和妳媽的特點，吃苦耐勞，或是母親的天性的使然，為母則強，妳的兩個女兒，妳真的教得不錯。

淑蔓　她們是我驕傲。

高伯　是我們一家人的驕傲。（歎息。）唉！可惜啊！小許一直見不到大姐肚子裡的孩子。

（◎高伯、淑蔓沉默了，接著淑蔓打破沉默。）

淑蔓　爸，小許參加解放軍之後，為什麼被俘？

高伯　他們的部隊打古寧頭戰役，戰敗後成了俘虜，部隊的長官對他們說：『國軍正在整軍經武，早晚會反攻大陸，解救同胞。你們現在以俘虜的身分回去，共產黨一定會槍斃你們。』就這樣子，他相信了，留在國軍裡了，被調到臺東的綠島。

淑蔓　國民黨專搞這些口號，和一些有的沒的……小許調到火燒島，那不是等於是與政治犯和異議人士在一起了。

高伯　是啊！表面是加入國軍了，但卻是嚴格看管，進行思想改造。他在綠島待了十年，又回到部隊，表現良好。在部隊裡，好不容易從臺灣調來金門，離大陸最近。

淑蔓　小許相信政府，卻落得這樣的下場。不過，爸，他回大陸，不擔心會被解放軍槍斃嗎？

高伯　過了二十多年了，說不定共產黨早忘小許這個人。何況小許說就算槍斃，也是離親娘和大姐近一些……錯過這次機會，等他調回臺灣，就永遠見不到家人了。

淑蔓　所以小許決定放手一搏。

高伯　他想拼看看。

淑蔓　結果……大海無情呀！爸，你審判小許時，感觸一定很深了。

高伯　當然，小許是一九四七年從軍，我是民國三十七年奶奶把我託付給部隊……算一算，他比我大個幾歲。審判剛開始時，我氣勢凌人，小許在法庭上哭，我大聲斥責：『許福！你像個娃兒一樣在哭，這算什麼？』

淑蔓　爸！小許，只不過是想家，想回去故鄉。您那時怎麼了？還罵他。

高伯　我（語塞，頓時口吃。）那……那……那時……年輕，那個年代是漢賊不兩立的年代。（頓。）我現在想起來，好後悔。

淑蔓　那是意識形態呀！

高伯　直到他在法庭說：『二十多年了，我想念親娘，……』（◎高伯端起了白鐵杯，沉思許久。）

淑蔓　爸……爸……

高伯　（回過神。）啊！

淑蔓　爸……怎麼了？

高伯　沒事。（◎高伯端起白鐵杯，喝一口水。）

淑蔓　小許說了什麼？

高伯　小許說：『想念親娘。』頓時，這句話打中了我的軟弱，我剛硬的心立刻軟化了。

淑蔓　他的回答，勾起您想念奶奶了……小許有怨天尤人嗎？

高伯　沒有，但他在法庭上問我，問得我無法回答他的問題。

淑蔓　讓你無法回應……他說了什麼？

高伯　他說：『報告軍法官，給我們上課的政治教官都說，沒有國那有家。可是我在這個國家，卻沒有我的家，我想家，想回家。我是犯了國家的死罪，這方面，我承認是違背了國家的法律。但是軍法官……咱們摸摸良心，想家……想回家……難道回家也是罪過嗎？』

淑蔓　難道回家也是罪過嗎？這句話，真是讓人傷心呀！

高伯　我心頭一直迴盪著這句話。小許哭著說：『肉體是回不去了，但是靈魂可以早點回去看親娘、看大姐。』於是隔天的審判庭，我成全了小許，當庭宣判死刑。一週後的清晨五點，執行槍決。

淑蔓　天啊！（訝異，一字一字地說。）速，審，速，決！

高伯　對！宣判完，我命令書記官，連夜將判決書寫出來。隔天上午我親自拿著判決書向司令官報到，請他批可。長官口頭嘉勉我的做法，我向長官報告，是不是可以打麻醉劑？但我被訓斥了一頓，長官嚴肅地說：『不准用任何形式的麻醉，這是命令！』

淑蔓　爸，您真勇敢呀！但我覺得奇怪，您不是軍法官嗎？您的判決不算嗎？

高伯　那時是戒嚴時期，必須主官同意才能執行。長官批可後，我又趕到小許關的看守所內，和他說了一下話，我要求下屬別為難他。因為他就要被槍斃了嘛！

淑蔓　那個年代，真的有許多事情，以現在的角度來看，是不能想像的。只是……槍斃時，不打麻醉，小許一定很痛。

高伯　我心想的和妳想的一樣，不能打麻藥，怎麼辦？那一整個上午我都在忙小許的事，到了下午一點，我才發現中午還沒吃飯，我到街上，找家麵店，點了小菜，叫瓶高粱，自己喝起來了。

淑蔓　爸！您那天一定很難過，自己喝悶酒。

高伯　豈止難過，我想喝個大醉，就在這個念頭閃過時……我心想乾脆買瓶高粱，讓小許喝醉。

淑蔓　喝高粱喝到醉，這不是另一種方式的抗命嗎？

高伯　我也管不了那麼多，我就是要這樣幹！結帳時，那家店的唱片機放了一首歌……讓我想起母親，我很想告訴她我的痛苦，瞬間我的情緒崩潰，在麵店痛哭了。

淑蔓　什麼歌呀？

（◎高伯端起白鐵杯，喝了一口水，慢慢將杯子放好。站起來，悲傷地唱〈母親您在何方〉。）

高伯　（唱。）

雁陣兒飛來飛去白雲裡

經過那萬里可曾看仔細

雁兒呀我想問你
我的母親可有消息
（哽咽。）
秋風那吹得楓葉亂飄蕩
噓寒呀問暖缺少那親娘
母親呀我要問您
天涯茫茫您在何方
（◎高伯哭泣，淑蔓扶著爸爸坐下。雨勢、雨聲，夜空閃過雷及雷聲。）

（◎舞臺燈暗。）

第四場　槍決

時間：民國六十三年的夏季某日黎明

場景：刑場，擺設有桌子、判決書、高粱酒、滷菜、筷子、黃長壽菸、手銬及腳鐐

人物：高伯、小許（穿囚衣上手銬及腳鐐）、書記官

許福　（◎許福寫信，一邊寫，一邊高興地唱〈母親您在何方〉。）

雁陣兒飛來飛去白雲裡

經過那萬里可曾看仔細

……

（◎在歌聲中，軍法官高伯和書記官出現，向國旗敬禮。高伯交給書記官判決書，書記官領了判決書後，向高伯敬禮。）

高伯　宣讀吧！

（◎許福歌聲漸弱，仍可聽見歌聲。）

書記官　士兵許福敵前叛逃，投奔共匪乙案宣判：許兵視軍紀無物，違法抗命，臨陣脫逃，觸犯戰時軍律，意圖叛國投匪，罪無可赦。為嚴伸法紀，著即褫奪公權終身，處以極

刑，執行槍決，以絕後傚。

許福（唱。）

雁兒呀我想問你
我的母親可有消息
秋風那吹得楓葉亂飄蕩
噓寒呀問暖缺少那親娘
母親呀我要問您
天涯茫茫您在何方

（◎許福將脖子的護身符拿下來，和信紙一起裝入信封，封好。）

明知那黃泉難歸
我們仍在痴心等待
我的母親呀
等著您
等著您
等著您入夢來
兒時的情景似夢般依稀
母愛的溫暖永遠難忘記

母親呀我真想您
恨不能夠時光倒移
（◎許福唱完後，面對軍法官和書記官立正站好。）

高伯　許福，你對剛才書記官宣判的內容，還有話要說嗎？

許福　沒有了。

（◎高伯走向前牽著許福的手，拿高粱給許福。）

高伯　小許，喝掉這瓶高粱酒……

許福　我不能喝。謝謝軍法官，我知道您的好意，但是我不能喝。

高伯　喝掉吧！

（◎許福打開高粱，將酒斟在瓶蓋。）

許福　報告軍法官，沒有酒杯，我用瓶蓋代替，我只能敬您這一小杯酒，喝這一點……

高伯　我們沒有麻醉劑……喝醉了，子彈打進身體時，才不會那麼痛苦。

許福　我不能喝。

高伯　你會痛苦，喝完高粱，能減少些疼痛。

許福　軍法官，我要讓我的靈魂清醒地離開的我的身體，如果我喝醉了，我的靈魂也會受到酒的影響。這個痛是我要承受的，所以我只能喝這一杯，我敬軍法官，謝謝您成全了我，我實在是太想家了，我的靈魂終於要回家了。

（◎許福一飲而盡，隨後將酒蓋拴回高粱酒的瓶口，還給高伯，高伯示意書記官，收下高粱酒，並看了手錶，感覺時間已經不多了。）

高伯　小許……我真得是捨不得……

許福　夢裡回鄉探親娘，醒來又是一場空。我常常做夢，夢到回家，那個夢真的是快樂，可是夢醒後……卻又是哭到悲切。

（◎高伯示意書記官送來滷菜，並拿筷子給小許。）

高伯　吃了滷蛋吧！好投胎轉世。

許福　我離開大姐以後，就不再吃蛋了。但是……今天，我吃了。

（◎許福用筷子夾滷蛋，只吃了半顆。）

高伯　怎麼不吃完呢？

許福　另外半顆，留給我的大姐。

（◎高伯將滷菜碟子遞給書記官。）

高伯　小許！好好聽著，我本來不相信有鬼神，但現在我要對你說：『讓你的靈魂好好回家見親娘和大姐。投胎時，別再進到這個動盪的年代，轉世到美好的時代去吧！』

許福　謝謝軍法官，下輩子我要和大姐在一起，好好補償大姐。

高伯　小許，我……

（◎高伯緊握著小許的手，語氣悲傷，一時間，不知道要說什麼，而許福卻對著高伯微笑。）

許福　報告軍法官，我想抽根菸。

高伯　真不巧……我沒帶菸，小許等等……書記官，書記官，有帶菸嗎？

書記官　報告軍法官，有，我這兒有長壽菸。

（◎書記官從長壽菸盒抽出一支烟，遞給高伯。高伯趕忙遞菸給小許，並為小許點菸。許福吸了一口菸，緩緩吐烟霧，看著長壽菸。）

許福　這長壽菸……也許能讓我的靈魂長長久久。（感嘆。）我思念家人的靈魂，就像這長壽菸的白白烟霧……慢慢地升高，最後會隨著風回到我想念的人，進到她們的夢裡，與她們相見。

高伯　小許，我還可以為你做些什麼？

許福　我希望哪一天能有機會，您能將我寫給娘和大姐的信，還有我的護身符……全放在信封裡面，您能當面交給她們。我謝謝您了。軍法官，您會有福報的。

（◎許福熄了菸，對高伯微笑，將信封交給高伯，這時天下起雨了。）

高伯　好，我相信會有那麼一天。

許福　軍法官！您看下雨了。但在雲層之上，必有陽光，藍天。軍法官，晴天終會來的，此刻我很高興。

（◎書記官走到軍法官旁邊，看了手錶，對高伯悄聲說話。）

書記官　報告軍法官，時間已經超過了，天快亮了。

（◎高伯雙手激動握著小許的手，在許福耳邊低語。）

高伯　安心上路，好好地回你的故鄉。

許福　終於要回家了，給我一個痛快吧！

（◎高伯對書記官點點頭，表示同意行刑。書記官用黑布蒙住小許的眼，帶小許到舞臺中，接著站到高伯旁，立正高聲大喊。）

書記官　行刑。

（◎場燈轉昏暗，雨勢、雨聲越來越大，三聲五七式步槍槍響後，天空閃過雷及雷聲。）

（◎舞臺燈暗。）

第五場　回鄉

時間：民國一百年的九月某日

場景：大陸某個鄉的村門口，大紅布包著的骨灰罈、雨傘

人物：高伯、淑蔓、王群

淑蔓　爸，在臺灣搭機前的雨下得真大，還打了三個響雷……好險，飛機還是起飛了。

（◎高伯、淑蔓慢慢走著，高伯抱著王老哥的骨灰罈。）

高伯　是啊！這兒就沒雨了，天氣不錯。……快到了，已經看到村子口的涼亭了。

淑蔓　爸，這骨灰罈為什麼要用大紅布包著？

高伯　王老哥回家是喜事，妳想想幾十年沒回老家了，這不是喜事，啥才是喜事？（◎對骨灰罈說話。）老哥，所以您的骨灰罈，咱用大紅布包著……咱們要開開心心回家。

淑蔓　爸，紅布上打的活結，真漂亮！

高伯　那是個蝴蝶結，像蝴蝶一樣飛回老家。王老哥，咱們快到家囉！

淑蔓　爸！小許的信，您帶了吧！

高伯　帶了，在我的上衣口袋。

淑蔓　爸，你……已經滿頭汗了，我們到涼亭裡，先休息一下。

（◎高伯停下來，淑蔓為高伯擦汗。）

高伯　王老哥，已經到了村子口了，這就是你的家鄉了，村子口都是黃菊花，我從來沒看過這麼多的菊花，長得真好呀！。

（◎高伯、淑蔓正要去涼亭時，出現了王群。）

王群　是高大爺嗎？

高伯　是，您是王老哥的姪兒嗎？

王群　是！俺是王群。

（◎王群下跪，高伯一手抱著骨灰，一手拉著王群，淑蔓過來幫高伯扶王群。）

高伯　起來、起來，別跪了。我得把王老哥交給你。

王群　高大爺，您是俺王家的大恩人，俺盼了大爹數十年……俺一定得給您磕三兒頭，俺堅持要磕頭，不這樣做，俺的良心會不安的。

（◎淑蔓、高伯鬆手，讓王群磕頭。）

王群　謝謝您了，高大爺。

（◎王群磕完後，收下骨灰罈。）

高伯　老哥，我送您到家了，我已經為您完成任務了，我將您的骨灰親手交給您的親族後人了，安息吧，老哥。

（◎高伯用雙手撫摸著王群懷中的骨灰罈。）

王群　（哽咽。）大爹，您回家了。

高伯　王老哥，我再和您握握手，再抱抱您，您已經落葉歸根了，您就保佑我一路平安吧！好讓我可以再送其他老哥回家。

王群　高大爺，謝謝您了。

（◎王群對著王老哥的骨灰罈說話。）

王群　大爹，咱倆向高大爺父女鞠躬。

（◎王群流著淚抱著骨灰罈，深深地一鞠躬，高伯、淑蔓也鞠躬回禮。）

高伯　王先生……

王群　大爺，您叫我王群好了，別那麼客氣了！

高伯　好！王群，我要向你打聽個兒人，請問有沒有一位叫小許，喔不！是……許……（右手指敲額頭。）他的名是單名……唉！我上了年紀了，一時想不起，他是叫……叫……。

淑蔓　爸！叫許福。

高伯　對！許福，他的家人還在嗎？許福參加了解放軍，一九四八年到福建……打古寧頭……不……是打金門戰役[2]，之後就沒再回來了。

[2] 中國稱之為金門戰役。

王群　您說的是……解放軍第三野戰軍第十兵團第二十八軍……

高伯　（情緒激動，打斷王群。）是！沒錯，就是這個部隊，小許的部隊。

王群　許福……他的家人都過去了。

（◎天空的烏雲開始密集，燈光變暗。）

高伯　什麼？（驚訝。）你……你說什麼？

王群　家人都過世了。

高伯　怎麼回事？

王群　說來話長，他參加的解放軍，那個部隊投降了，回來的俘虜……都沒什麼好下場。文革時更慘。許福加入臺灣的軍隊……紅衛兵揪出這段往事，他的母親被鬥了三天三夜，最後自殺死了。

（◎高伯突然站立不住，淑蔓過來扶著。）

淑蔓　（擔心。）爸……

王群　大爺……大爺！您咋了？要不要緊？

高伯　我沒事。

（◎高伯掙脫淑蔓的手，雙手緊握著王群的右手。）

高伯　他有個童養媳，他的媳婦怎麼了？

王群　唉！許福從軍後，他的媳婦兒擔起他的所有工作，累到小產。俺娘告訴我這段往事，娘還私下接濟過她。那些年，年年都有政治運動，對許福投降的事兒，上邊兒一直要她去做思想坦白，一個婦道人家懂啥，她承受不了，加上身體虛弱，她就走了。

（◎淑蔓怕高伯站不穩，再扶著高伯。高伯深深呼吸一口氣。）

高伯 王群，這件事是我多年未了的心願，我現在很激動，也很急。我想瞭解小許一家人發生了什麼事情？你若是瞭解，可以讓我多知道一點嗎？

王群 中兒啊！[3]但是天快下雨了。俺得先將俺大爹，送回家裡。大爺，您們就一起來吧！到家裡說。

（◎王群打起傘，保護著骨灰罈。淑蔓打起傘，和高伯撐著同一把。）

（◎雨越來越大，天空閃過雷及雷聲。）

（◎舞臺燈暗。）

---

[3] 好的意思。

第六場　入夢

時間：回臺灣前一晚，晚上

場景：王群家中客房，內有床、椅、蒙眼黑布、手銬腳鐐、黃長壽菸

人物：王群、高伯、淑蔓、小許

淑蔓　王大哥，這兩天帶我們跑了各個單位，真謝謝您了。

王群　大爺，妹子，別客氣了，許福的事兒，能知道的大概就這麼多了。俺仍然會留意著，若有進一步的消息，俺會通知您們的。大爺，妹子，早點休息吧！

高伯　王群，謝謝你陪著我們，我真的謝謝了。

王群　大爺，這是那兒話，咱們是一家人不說兩家話……何況您是俺王家的大恩人呀！

高伯　（微笑。）王群，時候不早了，你也該休息了。

王群　大爺、妹子，我就先回房了。

（◎王群向高伯、淑蔓點頭示意後離去。）

高伯　淑蔓，明天回臺北的飛機是幾點啊？

淑蔓　下午兩點，我們得中午到機場，所以，早上就要離開了。

高伯　明兒個一早，我們就到村口涼亭，我還有些事兒……處理一下，就走了。

淑蔓　好的。（打哈欠。）爸！我要睡覺了。

高伯　回房吧，我也得睡了。

（◎淑蔓離去，高伯躺床。場燈昏暗。高伯躺在床上，喃喃自語。）

高伯　小許……小許……

（◎高伯接著慢慢起身，回頭看著自己睡的床。許福黑布蒙眼出現，戴上手銬腳鐐，走到舞臺中站著，發出腳鐐聲音，到定位後許福面對觀眾站立，胸前一灘血漬。）

高伯　（驚訝。）小許……你怎麼在這兒？來，我幫你解開蒙眼黑布和手銬腳鐐。

（◎解開束縛後的許福對高伯微笑。）

高伯　小許，你好嗎？胸口疼不疼？

（◎許福微笑地脫下血漬的囚衣，裡頭穿著全身白色的衣服。高伯摸摸口袋，拿出黃長壽菸。）

高伯　小許，要抽菸嗎？我這兒有包新菸，新的長壽菸。

（◎許福微笑地搖搖頭，高伯將長壽菸、打火機遞給小許。）

高伯　小許，這些年，我一直在送老鄉們回家，每回老鄉的親人來接時，我就想起你了，無法送你回家，是我心中的遺憾。

（◎許福細細看了長壽菸、打火機，微笑地搖搖頭，將長壽菸、打火機還給高伯。）

高伯　你不抽菸。

（◎許福微笑地搖搖頭。）

高伯　我多麼希望能夠贖我的罪衍。午夜夢回時，我總會回想起你被槍決，那一天的情景，那三聲槍響，那三顆子彈，我一直覺得是打進了我的胸口……那個痛，我說不出來。

（◎高伯難過地蹲下，雙手抱頭。許福輕輕地拍著高伯，扶起高伯，對高伯微笑。）

高伯　小許，我真恨我自己。（頓。）還有一件事，我得告訴你了。

（◎高伯從上衣口袋拿出一個信封。）

高伯　那天在金門，你對我說：『我希望哪一天能有機會，您能將我寫給娘和大姐的信，還有我的護身符……全放在信封裡面，您能當面交給她們。』

（◎高伯看著手中的信。）

高伯　小許，這信封，五十多年了我一直保存著，這次我帶來了……可是，我要向你說聲抱歉，我無法替你送給她們了。

（◎高伯將信還給許福，許福收了信。看一下，又給高伯，許福對著高伯微笑。伸出雙手，緊握著高伯的手。高伯情緒激動流淚。）

高伯　小許……我多麼希望下令開槍的人不是我。

（◎許福慢慢鬆手，微笑揮手，示意要走了。）

高伯　小許，你要走了嗎？

（◎許福微笑地點點頭，手指著回家的路。高伯手揚著信。）

高伯　好……。

（◎許福轉身走了。）

高伯　（大喊。）小許安心上路。別忘記，那天我和你說的話，讓靈魂好好回家見親娘和大姐。投胎時，別再進到這個動盪的年代，轉世到美好的時代去吧！小許……小許……要記著喔！小許……

（◎許福微笑揮手，離開舞臺。高伯回到床上躺著低語。）

高伯　小許……小許……小許……

淑蔓　爸！爸！

高伯　怎麼了？門沒鎖上，進來吧！

淑蔓　爸！您剛剛在房裡大叫著呢！作夢是吧！

高伯　喔……是啊！我剛剛夢見小許了。

淑蔓　是惡夢嗎？

高伯　不，小許對著我微笑……他回家去了。

（◎雞鳴三聲。高伯、淑蔓看了窗外，陽光照進房間。）

淑蔓　爸，天亮了。

高伯　今天會是個好天氣，咱們該回臺灣了。

（◎舞臺燈暗。）

第七場　重逢

時間：回臺灣當天，上午。晴天
場景：大陸某個鄉的村門口的涼亭，信封、信紙、護身符、打火機
人物：高伯、淑蔓、小許、大姐、許母

高伯　下了兩天的雨，今天終於放晴了。淑蔓呀，他們說小許的家，那一帶的房子都拆掉了，要蓋什麼？
淑蔓　地鐵。
高伯　喔！就是捷運。昨天王群帶我們到地鐵工地那兒，看到的標語口號是什麼？
淑蔓　好像是……齊心向前，建設家園，讓人民過上好日子。
高伯　向前……那往事呢？往事忘掉……能忘得掉嗎？
淑蔓　沒那麼容易呀！
（◎高伯對著菊花田野講話，慢慢地拿出那封信。）
高伯　小許……我已經來了，我到你們的村子，我送信來了，但是許大娘和你媳婦兒……都不在了。村裡頭，在搞建設。只有這個涼亭，還有這大片大片的菊花，還保留著，那些老

人家說，你的母親、大姐和你，在解放戰爭前常來這玩。我常常在夢裡，見到你被槍決的情景。小許，你有聽到我的話嗎？你有投胎到那美好的時代嗎？

（◎高伯流淚，哽咽。將信交給淑蔓。）

淑蔓　（遲疑。）爸這是要……

高伯　淑蔓，拆開來唸吧！替我唸給小許的娘和他的大姐聽。

（◎淑蔓拆開信封，拿出信紙和護身符。）

淑蔓　爸，你看，還有這個護身符。

（◎淑蔓將護身符交給高伯，高伯細細撫摸著。）

高伯　唉！這是小許的大姐為小許求的。淑蔓，念吧！

淑蔓　親愛的娘和大姐，您們好嗎？一提筆，我就已經淚流滿面。（哽咽。）爸……我念不下去。

（◎淑蔓將信交給高伯。）

高伯　好，我來念。……二十多年過去了，每一天我都在想著您們。離家那時，讓娘和大姐不放心。但現在請您們放心吧！我過得很好，已經……已經……不用當兵了！

（◎高伯流淚痛哭，左手遮著眼，右手拿著信紙。淑蔓安慰高伯。小許、許母和懷孕的大姐，大姐挺著肚子。一家人快樂地出現在涼亭。）

許母　（◎快樂地唱〈母親您在何方〉。）

雁陣兒飛來飛去白雲裡
經過那萬里可曾看仔細
雁兒呀我想問你
我的母親可有消息

（◎許福拿起高伯右手的信，在歌聲中念著信。臉上帶著微笑。）

許福　軍法官不是劊子手，他沒有殺了想念母親，想念妻子的人，反而是成全想念母親，想念妻子的人。天亮後，我的靈魂就回家了。娘、大姐等著我。娘，在這兒人世間裡，讓我唱最後一次〈母親，您在何方〉吧！

（◎許福念完後，將信紙放在高伯的右手。許母、小許和大姐，一家人快樂地唱歌。）

秋風那吹得楓葉亂飄蕩
嘘寒呀問暖缺少那親娘
母親呀我要問您
天涯茫茫您在何方
明知那黃泉難歸
我們仍在痴心等待
我的母親呀
等著您

等著您
等著您入夢來
兒時的情景似夢般依稀
母愛的溫暖永遠難忘記
母親呀我真想您
恨不能夠時光倒移

淑蔓　爸，您還好嗎？

高伯　（擦拭淚水。）燒！把信、護身符全部燒給小許的娘和大姐。

淑蔓　爸！

高伯　燒！

（◎高伯拿打火機給淑蔓，淑蔓燒了信。眾人一起看著火光，由強漸弱。許母、大姐、小許一同微笑著。高伯、淑蔓拭淚。）

淑蔓　爸！小許的親娘、他的大姐都聽到了。爸！這重擔，您就放下了。我們回臺灣了喔！

（◎淑蔓扶高伯緩緩起來。許母、大姐、小許，微笑著，向高伯鞠躬。）

高伯　唉！回臺灣去。

淑蔓　（流淚。）爸，我們走吧！

高伯　（語重心長。）淑蔓，老哥們的骨灰罈，還在家裡頭等著我帶他們回家！

淑蔓　好，這一切我全都明白了。
高伯　咱們回家囉！
（◎淑蔓扶著高伯，慢慢離開涼亭，播放〈母親您在何方〉。）
（◎舞臺燈暗。落幕。）

❀〈帶袍澤回家〉寫作感言

這部劇本的文本是爸爸系列的延續。家父生在山東，在臺灣落地生根，蒙主寵召後靈位安厝在臺灣。好幾次到忠靈塔探望父親，看到周邊陪伴他的叔叔、伯伯們，再看看澄清湖，藍天、白雲，總臆滿無限感嘆。老兵的歲月，已快被時間的洪流帶走了。我能做的，只有寫，把他們寫出來。

高伯原型是高秉涵律師，同家父的籍貫都在山東（家父是即墨縣人，高律師是荷澤縣人），在一次的偶然機會得知高律師自軍法官退伍後，二十年來已送百位老兵回鄉。我在網路上蒐集了他的相關報導，他為了對戰友「我一定送你回家」的承諾，退伍後他開始服務像他一樣漂泊離鄉，孤單無依，過世的老鄉們回家。高律師說過：「臺灣養了我超過七十年，是我的第二故鄉，是我的母親。我在大陸說『我要回家了』，是回臺灣；在臺灣說『我要回老家』，是回荷澤，兩邊都是我的家。」就同父親在世時一樣，在臺灣說：「我要回老家。」是回山東；在山東說：「我要回家了。」是回臺灣。在劇本中的安排，高伯開場和落幕說的都是「咱們回家囉！」撇除兩岸的政治紛紛擾擾，親情的感受是心底最柔軟，而且是帶淚的一塊。許多老兵們最後的家是落地在臺灣，並且生根發芽，開枝散葉。

劇本裡的〈母親您在何方〉，我在網路上查到，這首歌是一九三一年阮玲玉主演《戀愛與義務》的插曲，由阮玲玉錄唱，描述孩子思念遠方母親。一九八七年六月二十八日，外省人返鄉探親運動，在臺北市金華國中辦理座談會，老兵們齊聚禮堂，當時老兵合唱團上唱的正是〈母親您在何方〉，唱得老兵們同時落下思念母親的淚水，〈回老家〉的王分班長、老方，以及〈爸爸們〉的老錢似乎也會唱。歌詞如後：

雁陣兒飛來飛去白雲裏
經過那萬里可曾看仔細
雁兒呀我想問你
我的母親可有消息
秋風那吹得楓葉亂飄盪
嘘寒呀問暖缺少那親娘
母親呀我想問您

天涯茫茫您在何方
明知那黃泉難歸
我們仍在痴心等待
我的母親呀
等著您
等著您
等您入夢來
兒時的情景似夢般依稀
母愛的溫暖永遠難忘記
母親呀我真想您
恨不能夠時光倒移
明知那黃泉難歸
我們仍在痴心等待
我的母親呀
等著您
等著您
等您入夢來

兒時的情景似夢般依稀
母愛的溫暖永遠難忘記
母親呀我真想您
恨不能夠時光倒移

每字每句都錐著心，老兵們唱著唱著就淚流滿面了。

看著忠靈塔這些叔叔、伯伯們的牌位，還有垂垂老矣的老兵們，曾是一九四九年那場兩岸大變動中，隨國民政府遷臺的兩百萬人潮裡的一分子，他們是滄海一鱗，是大時代裡的小人物，他們的身子終會化做一抔黃土，而他們的故事將永遠是這片島嶼記憶的一部分。

跋

巴代老師在推薦序中說我是「小子」，我還滿開心的。只是我的心是小子，可是我的身體已經是「老小子」了。人生的前半段，我沒寫過一本書，人生的後半段，才開始出書。在二〇二〇年得到「後山文學新人獎」，頒獎典禮的主持人——埴紡藝術總監力真說，我是後起新人。那時，我看看左右得獎人，心想：「力真說的對！我的心永遠是新人。」

從事寫作這些年，寫作似乎已經是一個習慣了。每日總要寫些東西，那怕是一兩句，只要停頓超過一週，就覺得渾身不對勁。似乎是一種癮。沒做，就有戒斷症狀；做了又覺得通體舒暢。我寫的故事可能都有心理師、精神科醫師，就算沒有出現，我也會從心理學、精神醫學的角度，來看故事主角的心理狀態，並試著把它化為文字。免不了在過於投入時，會情緒低落，或是在通體舒暢前，先經歷情緒低落。主要是我為了要進到故事主角的感受，會不自覺地有同樣的情緒上身，或是勾起過往生命中的類似經驗，好比我在描述〈爸爸們〉的老錢，進到幼年離家，在街頭乞食、袍襗生死不明，這幾個生離死別的情狀，會勾起心頭的悸動，尤在寫到老錢到了對岸，在灘際祭拜袍澤——坤隆時，那陣子我的心情是低落的。

我覺察到後，會先將它擱著，放空自己，慢跑、聽音樂，讀點不一樣的書，等到情緒恢復時再寫。這也是我鼓勵許多自由書寫的伙伴，一定要做到自我觀察，時時覺察自我，書寫是抒發、療育（癒），但書寫也有可能讓自己陷落，自我覺察就顯得格外重要了。若是自我的情緒一直處在低落狀態，不妨尋求專業的協助，先停筆，人生不急於這一時片刻。

文末我要感謝一些人。

首先是巴代老師，我同老師都是行伍出生，擔任過軍訓教官。我參加原住民族文學營遇到的第一位作家就是巴代老師，老師在文學營對我說的一些話，我一直謹記在心。我也看見老師對於文學的堅持，這些都深深地感動了我，正在博士班進修的他，為文撰序，我的內心十分感謝。

另外是Sayun（以德），Sayun是位優秀的作家、劇場演員，謝謝Sayun在百忙中抽空寫序。進到劇本的領域，我是抱著「玩」的心態，玩到最後，我結合醫院的熱血同仁組成「小星子劇團」，以讀劇，並加入心理劇的元素，每個月抽出一個週末將病房變成舞臺與病友互動。若有機會，很希望Sayun給我們指導，讓我們以不一樣的方式說故事。此外還有——曾經兩度到我們醫院支援的草屯療養院的精神科醫師——佩琳；讓我在短時間內，用盡腦力創作劇本的埴紡藝術總監——力真；常常為基層護理同仁捍衛權益的無論如河書店經營者——秀眉；在寫作上給我指導與建議的文友，泰雅族的文史作家——魯亮。同行的心理師——凡嘉。謝謝您們的鼓勵。最重要的是感謝秀威資訊公司的懷君、人玉等等的伙伴，搭起了與讀者會心的平臺，出版這類心理文學的書籍。

最後還要感謝讀者們願意用心感受《天堂》，謝謝您們。

南竹湖部落的白螃蟹，這小小的部落是我創作的泉源。
攝影／阿美族　周方誠 A.ngay

天堂

釀文學270　PG2756

天堂

作　　者　周　牛
責任編輯　孟人玉
圖文排版　蔡忠翰
封面繪圖　佩芬・福丁
封面完稿　陳香穎

出版策劃　釀出版
製作發行　秀威資訊科技股份有限公司
114 台北市內湖區瑞光路76巷65號1樓
電話：+886-2-2796-3638　傳真：+886-2-2796-1377
服務信箱：service@showwe.com.tw
http://www.showwe.com.tw
郵政劃撥　19563868　戶名：秀威資訊科技股份有限公司
展售門市　國家書店【松江門市】
104 台北市中山區松江路209號1樓
電話：+886-2-2518-0207　傳真：+886-2-2518-0778
網路訂購　秀威網路書店：https://store.showwe.tw
國家網路書店：https://www.govbooks.com.tw
法律顧問　毛國樑　律師
總 經 銷　聯合發行股份有限公司
231新北市新店區寶橋路235巷6弄6號4F
電話：+886-2-2917-8022　傳真：+886-2-2915-6275

出版日期　2022年9月　BOD一版
定　　價　360元

版權所有・翻印必究（本書如有缺頁、破損或裝訂錯誤，請寄回更換）
Copyright © 2022 by Showwe Information Co., Ltd.
All Rights Reserved

讀者回函卡

Printed in Taiwan

國家圖書館出版品預行編目

天堂/周牛著. -- 一版. -- 臺北市 : 釀出版,
2022.09
面 ; 公分. -- (釀文學 ; 270)
BOD版
ISBN 978-986-445-718-2(平裝)

863.57 111012577